KB214897

민수의 2.7 그램

바일간 023

민수의 2.7그램

윤해연 장편소설

서유재

차
례

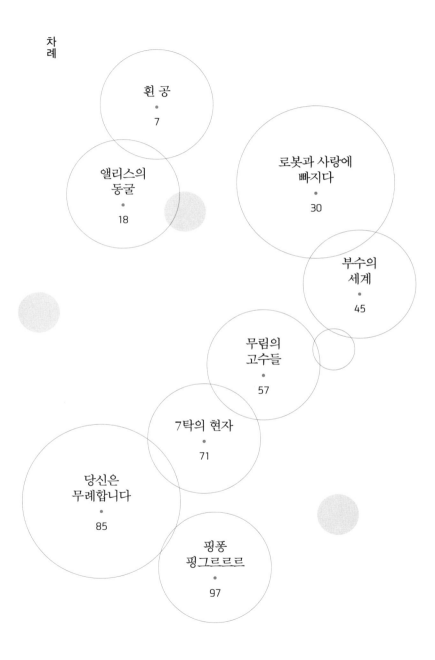

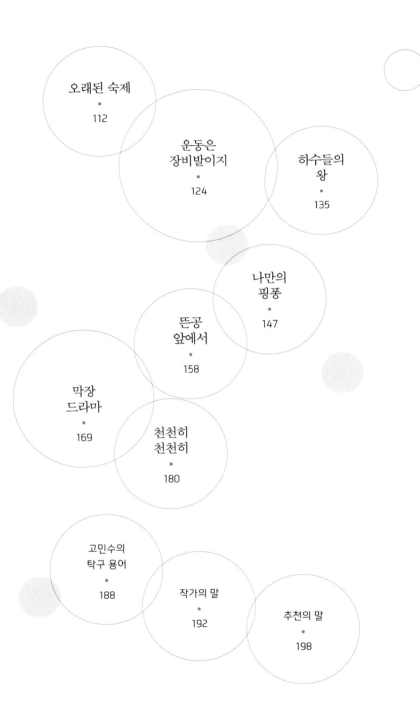

흰 공

'어라!'

골목에 하얗고 작은 공이 반짝이고 있었다.

똑딱! 똑딱! 똑딱!

우아!

골목 옆 건물에서 나오는 소리가 분명했다.

아파트에서 옆 동네 빌라로 이사를 한 이후 등굣길이 달라졌다. 이 골목을 통해 학교 가는 길이 우울하다. 남들은 빌라에서 아파트로 이사하는 미래 지향적 삶을 사는데 우린 퇴보 중이다.

"잠시일 뿐이야."

사다리에 실린 이삿짐을 보며 엄마가 중얼거렸다.

"그럼, 잠시지! 그럼, 그럼……."

엄마가 아빠를 째려봤다.

그렇게 우린 하루아침에 주거 형태가 달라졌다. 살림도 반
으로 줄었다. 푸드 플레이팅 디자이너인 엄마가 애지중지했
던 큰 식탁은 쓸모가 없어졌고 그 많던 그릇도 반으로 줄었
다. 거실에 들어가지 않는 소파와 큰 티브이는 거추장스러
운 물건으로 전락해 남에게 간 지 오래다. 빌라로 이사 가면
서 매일같이 내놓던 재활용, 음식물 쓰레기를 정해진 요일에
맞추어 내놓아야 한다는 걸 알았다. 4층까지 계단을 오르내
리는 일은 체육이 빡센 날이나 더운 날에는 인내심이 필요했
다. 다 좋다, 이런 건 다 참을 수 있다. 난 아직 이사한 걸 하호
에게 말하지 못했다. 그래서 이 골목으로 학교에 간다.

나도 모르게 흰 공을 주웠다.

가볍다.

무척 가볍다.

건물을 바라보았다. 무릎 정도 높이의 초록색 나무문이 활
짝 열려 있다. 건물 마당에 펼쳐져 있는 파란색 파라솔 아래
에도 하얀 공이 떨어져 있다. 나도 모르게 파라솔 테이블 밑

으로 허리를 숙여 공을 주웠다. 공을 줍는데 무언가 내 시선을 이끌었다. 마당 끝 작은 화단에 개나리가 소심하게 노랑빛을 머금고 있었다.

똑딱! 똑딱! 똑딱!
똑딱! 똑딱! 똑딱!

소리가 더 크게 들렸다.

명지탁구장

파란색 간판이 불투명 유리문에 큼직하게 박혀 있다. 불친절한 고딕체다.

똑딱! 똑딱! 똑딱!
똑딱! 똑딱! 똑딱!

이른 아침부터 운동하는 이들이 있다니 놀라운 일이다. 그때 누군가 유리문을 열고 나온다.
후다닥, 골목으로 뛰쳐나와 계단을 올라갔다.

명지탁구장은 골목에서는 1층이고 동굴 같은 계단을 올라가 6차선 도로에서 보면 지하가 된다. 가뜩이나 작은 간판을 단 탁구장이라 대로변에서는 안 보이는 게 당연하다.

마침 버스가 정류장 앞에 섰다. 우르르, 애들이 비엔나소시지처럼 버스에서 하차한다. 낯익은 얼굴이 손을 번쩍 들며 웃고 있다.

"어이, 고민수!"

한하호다. 오늘따라 목소리가 유난히 밝다.

"......"

"어제 게임 많이 했냐? 어째 얼굴이 죽상이다."

264명 중 264등. 우리 학년 꼴찌다. 꼴등 하는 게 쉬운 일이 아니라고 말하는, 세상 편한 놈이다.

"닥쳐!"

"왕이 쫓겨났지?"

"뭐?"

녀석이 뭘 알고 지껄이는 건지 목소리가 높아졌다.

"그러게 내가 아이템 사라고 했잖아. 그 검 끝내 준다니까. 원 샷 원 킬이야. 버글 같은 건 단번에 죽일 수 있어. 그 아이템이 없어서 왕이 쫓겨난 거라고."

"웃기고 있네! 현질 안 한다고 했지?"

"고민수 씨, 고민 좀 그만하고요, 이 형아 말 듣고 그 검은 샀어야 된다고!"

"시끄러."

"뛰자. 지각이다!"

우리 학년 꼴찌, 한하호가 뛰고 있다. 재색 교복 바지에 흰 셔츠, 헐렁하게 맨 청색 타이가 흔들리고 있다.

이사한 지 일주일, 나는 학교 가는 길이 괴롭다. 잘못한 사람은 내가 아닌데 벌은 내가 받고 있다. 물론 잘못은 아빠 엄마가 했다. 처음부터 빌라에 살았다면 문제가 안 될까? 허름한 빌라는 들어가는 입구부터 퀴퀴한 냄새가 났고 덕지덕지 광고 스티커가 우편함에 붙어 있었다. 정돈된 우편함과 자동 개폐식 출입문이 있는 아파트. 나는 이제 그 당연함이 당연하지 않다는 걸 알았다. 아파트에서 태어나고 아파트 안에 있는 유치원에 다녔고 그 단지에 있는 초등학교를 다녔다. 주거 형태에 대해서 생각해 볼 일도 관심도 없었다. 그저 나고 자란 곳이 세상의 전부가 되었을 뿐이다. 그런데 빌라에 사는 순간 그것이 곧 계급이라는 걸 알게 되었다.

당장 하호 녀석만 해도 그러했다. 나와 같은 유치원, 초등학교, 중학교를 다니는 녀석은 다른 세상을 알까? 나와 계급이 달라진 걸 녀석은 어떻게 받아들일까? 빌라에 사는 것이

어쩌다 쪽팔리는 일이 되었는지 속이 쓰리다. 이럴 줄 알았다면 먼 곳으로 이사를 가자고 졸랐어야 하나 후회가 된다.

수업이 끝나고 나와 하호는 방과 후 수업 없이 학교를 나왔다. 3학년 꼴찌와 꼴찌 바로 앞인 우리가 공부라는 걸 할 턱이 없다는 걸 알고 담임도 포기했다. 그러니까 우리는 자칭 자유로운 영혼이다. 여태 그 일념 하나로 버텼다. 왜 꼴찌냐고 꼴찌들한테 물어본다면 우리는 단지 공부가 따분하고 싫을 뿐이다. 그뿐 아니라 세상에 공부 잘하는 놈은 널렸고 앞으로 공부를 잘할 놈은 더 널렸다. 공부 잘하는 놈, 잘할 놈이 차고 넘치는데 우리까지 보탤 이유가 없다. 그렇다면 우리가 뭘 잘하냐? 그건 다른 문제다. 누군 잘하는 걸 알아서 하는 게 아니니까. 그런데 방금 폭탄 같은 소리를 들었다. 내가 제대로 들었는지 귓구멍을 쑤시고 들었을 정도다.

"뭐라고?"

"이제부터 공부를 한다고."

쑥스러운 듯 하호의 목소리가 작아졌다. 그럼에도 분명하게 말했다.

"그래서 지금 어딜 간다고?"

"학원⋯⋯."

기어들어 가는 목소리는 소멸 직전이다.

"학원? 와! 어쩌다 그렇게 됐냐? 엄마 땜에? 아니면⋯⋯."

"그런 거 아니거든. 내 의지야."

"네 의지라고? 왜? 어째서?"

"고등학교 가야 하잖아."

"가면 되지."

"우리 성적으로?"

"왜? 성사고도 있고 영이고도 있고. 나는 무조건 가까운 성사고!"

"너는 속 편해 좋겠다."

녀석이 고개를 흔든다. 말하는 나도 솔직히 불안하긴 하다.

"왜 이렇게 부정적이냐? 지금부터 빡세게 하면 되지."

"1년도 안 남았는데?"

"1년 가까이 남았거든?"

"어쨌든 이제 학교 끝나고 피시방은 안 갈 거다."

녀석이 기사의 검을 팔려고 하는 이유를 알았다. 정말이지 게임을 다 접으려고 하는 것이다.

묘한 배신감에 마음이 흔들렸다. 나도 안다. 우리 성적으로 원하는 근거리 학교는 어렵다는 걸. 어차피 공부할 게 아니라면 일찌감치 실업고에 가서 기술이나 배우려고 했다. 할

머니 말대로 남자는 기술이 있어야 먹고산다고 하지 않았나. 아빠가 결과적으로 실패한 건 할머니가 말한 그 기술이 없어서일지도 모르겠다.

하호가 없으니 피시방에 가고 싶지 않았다. 녀석은 학원으로 향하고 나는 홀로 남아 대로변에 우두커니 섰다. 마치 길을 잃은 것처럼.

저만치 내 짝이 지나가고 있다. 우리 학년 2등, 윤민수다. 나랑 성만 다르고 이름이 같다. 드라마틱하게 녀석은 앞에서 2등, 나는 뒤에서 2등인 셈이다. 2등인 두 민수가 만났다며 담임이 놀렸다. 어쨌든 녀석은 불편한 녀석이다. 짝이 된지 2주가 넘었지만 변변한 대화를 나눈 적이 없다. 태생부터가 나와는 다른 종족이다. 쌀쌀맞은데다 어딘지 모르게 거만한 놈이다. 그런데 녀석의 이스트백에 무엇인가가 달랑거린다. 익숙한 물건이다. 바로 골목에서 주운 탁구공이었다. 아침에 탁구공을 보지 않았다면 무심코 지나쳤을 물건이다. 녀석이 빠른 걸음으로 동굴 같은 골목 안으로 내려갔다. 나도 모르게 윤민수의 뒤를 따라갔다. 어차피 나도 그 길로 가야 하니까.

녀석은 잽싸게 계단을 내려가더니 당연한 듯이 탁구장 안으로 스며들듯 들어갔다. 마치 하얀 공이 데구르르 굴러서 동굴 속으로 쏙 굴러들어 간 것처럼 느껴졌다.

녀석이 들어간 투박한 유리문을 멍하니 쳐다봤다.

똑딱! 똑딱! 똑딱!

또 그 소리다.

똑딱! 똑딱! 똑딱!

묘한 리듬감이 내 심장 소리를 닮았다.

똑딱! 똑딱! 똑딱!

나도 모르게 유리문을 밀고 있었다. 동굴 속으로 확 하고 빠져들듯 내 몸이 유리문 너머로 말려 들어갔다.

"어, 민수구나!"

누군가 내 이름을 부른다. 익숙한 이름에 자동으로 손이 번쩍 올라간다. 그러자 이미 손을 들고 있던 윤민수가 뒤돌아 나를 보았다.

이 뻘줌함을 주워 담을 수가 없다. 윤민수를 부른 건데 내 이름을 불렀다고 생각하다니 민망함이 밀려왔다.

"아, 재도 민수예요."

녀석이 동그랗게 뜬 눈으로 나를 보며 답했다.

"친구 데리고 왔구나?"

그 누군가가 다시 묻는다.

"친구 아니에요."

와, 대놓고 개무시다. 저 냉정함은 어디에서 나오는 것인지 연구하고 싶을 정도다.

"친구가 아니면 뭐냐?"

그래서 나도 대놓고 물었다.

"뭐?"

"같은 반, 그것도 짝인데 친구가 아니면 뭐냐고?"

"아는 애지."

"아, 아는 애? 친구는 아닌데 아는 애는 맞다는 거지?"

"그렇지!"

녀석이 고개를 끄떡인다.

그 순간 누군가가 끼어들었다.

"같은 반이야? 그럼 친구지. 이리 와라. 탁구는 칠 줄 알아? 민수는 잘 치는데."

똑딱거리는 주인공들을 찾았다. 일곱 개의 탁구대에서 몇 몇 사람이 단식과 복식을 치고 있었다.

"윤민수가 탁구 잘 쳐요?"

"몰랐니? 꽤 잘 쳐. 우리 탁구장 고수야."

"진짜요?"

"진짜 몰랐나 보네. 민수 탁구 좀 치는 거 친구들한테 자랑 안 했어?"

"됐어요."

"얼른 옷 갈아입고 와. 나랑 한 게임 하자!"

녀석이 탈의실이라고 박혀 있는 문 안으로 들어갔다.

앨리스의 동굴

아직은 추운데 윤민수는 반바지와 반팔 티를 입고 나왔다. 손에는 앞뒤 빨강과 검정 러버를 붙인 탁구채를 들고 있다.

"저게 셰이크 라켓이야. 대식 씨가 들고 있는 건 팬홀더 탁구챈데 요즘은 잘 안 써."

점수판 앞에 앉은 분이 내게 알려 주었다. 탁구장 운영을 맡아서 하시는 분인데 미소년처럼 짧은 머리를 한 여자분이었다. 그녀는 경기 내내 세세하게 탁구 용어와 게임 룰을 설명해 주었다. 조곤조곤한 말투며 항상 입꼬리에 미소가 달린 친절한 분이었다. 사람들은 그녀를 실장님이라고 불렀다.

윤민수와 대식 씨는 가로 3미터, 세로 2미터가 안 되는 작은 테이블 앞에 섰다. 대식 씨는 이름과는 다르게 작은 체구의 40대 중반 아저씨였다. 윤민수보다 작은 키에 날렵한 눈매를 가졌는데 내가 탁구장으로 들어왔을 때 이름을 부르던 그 누군가였다.

　녀석이 주머니에서 작은 공을 꺼냈다. 명지탁구장 골목길에서 만난 탁구공이었다. 녀석의 이스트백에서 흔들리던 탁구공이었다. 내게는 모든 공이 그 공처럼 보였다.

　똑딱! 똑딱! 똑딱!

　흰 공이 작은 테이블 사이를 오갔다.

　똑딱! 똑딱! 똑딱!

　묘한 울림과 리듬을 만든다.

　농구나 축구처럼 화려하진 않지만 재미가 있었다. 단둘이서 흰 공 하나에 집중한다. 절반의 테이블에 '똑' 떨어진 탁구공이 상대 테이블에 '딱' 하고 떨어진다. 상대 역시 같은 방법으로 공을 넘긴다. 네트 사이에 공이 '똑 딱 똑 딱' 오간다. 이게 바로 약속된 랠리였다.

　인생에도 랠리가 있다면 여태까지 나는 안전하게 공이 오가는 랠리를 했다. 약속된 공처럼 정해진 길만을 걸었다. 공부를 못한다는 치명적인 약점이 있었지만 나의 랠리에서 문제될 건 없었다. 공부보다 재밌는 게 너무 많은 세상이었다. 이렇게 재미난 일이 많은데 그 따분하고 지루한 공부에 목을 매며 내 인생을 소비하고 싶지 않았다.

똑딱! 똑딱! 똑딱!

두 템포 빠르게 공이 오간다.

똑딱똑딱! 똑딱똑딱!

제법 속도가 붙었다.

똑딱똑딱! 똑딱똑딱! 똑딱똑딱!

속도가 붙으면서 강도도 세지고 있었다.
두 사람의 손과 발이 빠르게 움직인다.
이제 공은 약속된 공에서 점점 멀어지고 있었다. 갑자기 대식 씨가 몸을 더 낮추더니 팔을 벌려 나비처럼 공을 받아

쳤다. 민수가 공을 받아 냈지만 속도가 너무 빨라 민수 라켓에 맞은 공이 천장을 맞고 저 멀리 날아가 버렸다.

신호처럼 실장님이 외쳤다.

"플레이!"

두 선수는 점수판 앞에 앉은 실장님을 향해 인사를 한 후 탁구대를 사이에 두고 서로 인사를 했다.

녀석이 자세를 낮추더니 상대를 노려보았다. 예전 우리 집 식탁보다 조금 큰 테이블 앞에 선 윤민수가 거대한 수문장처럼 느껴졌다. 툭 불거진 대퇴부와 종아리 근육이 단단해 보였다. 한 번도 보지 못했던 팔 근육이 화가 난 것처럼 튀어나왔다. 마치 티브이에서 본 선수 같은 모습이었다. 재색 교복 안에 저런 몸이 있었나 깜짝 놀랐다. 아니, 교복이 아니어도 저런 표정을 본 적이 없다. 초점이 없는 눈, 꽉 다문 입, 크게 웃거나 말하는 법이 없는 녀석이었다. 세상사에 관심이 없는 무심한 녀석에게 누군가 무엇인가를 물었다면 속이 터지거나 화가 날지도 모르겠다. 상대를 무시한다고 오해받기 딱 좋은 태도라서 그렇다. 공부를 잘하지 않았다면 밉상도 그런 밉상이 없을 거였다. 그런데 지금 윤민수는 살아 있다. 녀석의 눈이 모든 걸 설명하고 있었다. 이글이글 타오르는 눈이 마치 세상을 삼킬 것 같았다. 나도 모르게 침을 꼴깍 삼켰다.

가위바위보에서 이긴 대식 씨가 강한 커트로 서브를 넣었다. 녀석이 짧은 커트로 공을 넘기자 대식 씨가 몸을 깊숙이 넣고 공을 밀어내듯 민수 테이블로 넘겼다. 그러자 놀라운 일이 벌어졌다. 녀석의 몸이 순간적으로 가라앉더니 팔을 활처럼 돌려 공을 빠르게 쳤다. 대식 씨가 어렵사리 공을 받아 넘겼다. 살짝 떠서 온 공을 윤민수는 놓치지 않았다. 화살처럼 빠르게 강한 스매시로 공을 내리꽂았다. 이 모든 동작은 순식간에 벌어졌다. 불과 1, 2초 안에 벌어진 일이었다.

　"오!"

　"와!"

　테이블 주위에 모여 있는 사람들의 입에서 탄성이 터졌다.

　실장님이 점수판을 빠르게 넘겼다. 윤민수 1점이었다.

　서브권 한 개가 더 남은 대식 씨가 이번에는 너클성 서브를 넣었다. 실장님 말로는 회전이 없는 서브지만 쉬운 공은 아니라고 했다. 윤민수가 가볍게 넘겼는데 고수가 그 공을 놓치지 않고 강한 스매시로 응대했다. 정확한 타점이었음에도 녀석이 라켓을 기울여 상대 테이블에 공을 안착시켰다. 넘어온 공에 대한 확신이 있던 터라 대식 씨는 더 강하게 스매시로 공격했다. 하지만 번번이 민수가 공을 받아 냈다.

　헉!

억!

대식 씨가 가쁜 숨을 내뿜었다. 온몸으로 공을 치는 게 느껴질 정도였다.

민수가 공을 받아 낼 때마다 갤러리들의 환호성이 점점 더 커졌다.

드디어 대식 씨가 원하는 공이다. 다른 공보다 약간 높게 온 공을 놓치지 않았다. 대식 씨가 몸을 날리듯 10시 방향으로 공을 날렸다. 비장함마저 느껴지는 일격이었다.

"와아아아!"

공이 아슬아슬하게 테이블 너머로 떨어졌다. 너무도 가벼운 공이 비장함의 무게감을 감당하지 못한 걸까? 윤민수는 그렇게 내리 2점을 앞섰다. 이후 비슷한 공격과 방어를 서로가 해 냈다. 짧은 커트마저 방심할 수 없었다. 얼마든지 스트로크로 칠 수 있는 실력이었다.

대식 씨와 윤민수 얼굴에 땀이 흘렀다. 끊임없는 풋워크 때문에 숨이 차는 듯했다.

1세트를 11 대 9로 윤민수가 따냈다.

"몇 세트까지 해요?"

나는 실장님 옆에 꼭 붙어 앉아 이것저것 궁금한 걸 물었다.

"5세트까지 해."

"단식, 복식, 전부 다요?"

"응."

"지난번 올림픽에 우리 삐약이가 개인이랑 혼성으로 출전해 5세트에서 멋지게 역전승했지."

"삐약이요?"

"신유빈 선수 애칭이야."

"아, 그 이름 알아요. 요즘 광고도 찍던데요."

"맞아, 맞아. 예전에 강호동이 하는 프로그램에 탁구 신동으로 나와서 탁구를 쳤는데 벌써 스물한 살이 됐어."

"아, 신유빈 선수가 탁구를 오래 쳤구나. 몰랐어요."

그사이 윤민수와 대식 씨의 2세트가 시작되었다. 이번에는 윤민수가 먼저 서브를 넣을 차례다. 녀석은 아주 높게 공을 올렸다. 족히 60센티미터 이상 공을 올린 다음 낙하하는 공을 수평에 가깝게 라켓에 댄 채 서브를 넣었다. 공이 누워 있는 라켓 위에서 구르듯 발사되었다.

공이 낮게 직선으로 갈 것 같았는데 회전을 먹어 휘어서 들어갔다. 하지만 대식 씨가 침착하게 커트로 받아쳤다. 그러자 윤민수의 야성이 폭발했다. 마치 기다렸다는 듯 배고픈 맹금류처럼 공을 낚아채 스트로크로 넘겼다. 너무 빨라 슬로우로 다시 되감아 보고 싶을 정도로 공이 대식 씨 눈앞을 스쳐 지나갔다.

아, 녀석은 맹수였다. 녀석은 강력한 포식자였다. 너그러움도 잠깐의 주저함도 없었다. 상대의 가장 약한 곳을 직관적으로 알아챘고 상대의 약점을 일말의 관용도 없이 공격했다. 때론 잔인했고 때론 부드러웠다. 테이블 옆으로 아슬아슬하게 낙하하는 공을 윤민수는 우아하게 몸을 휘어 넘겼고 맹렬한 공에는 포악하게 대응했다. 부드러움과 강함을 모두 구사하는 이것이 탁구였다.

2세트마저 윤민수에게 내준 대식 씨가 각성했는지 3세트는 처음부터 공격적으로 나왔다. 나중에 알았지만 윤민수의 약점을 잘 알고 있었고 2세트까지 내준 다음에는 주로 그 약점을 파고들었다. 바로 백 쪽 깊은 곳이 윤민수 약점이었다. 깊게 백 쪽으로 가는 공을 윤민수가 놓쳤다.

"천천히! 천천히!"

누군가 말했다.

윤민수가 백 쪽으로 오는 공을 급하게 받아치려니 번번이 놓친다는 걸 알려 주는 것 같았다.

누구나 그러하듯 자신의 약점을 안다고 그걸 극복할 수 있는 것은 아니다. 오히려 장애가 될 수도 있다. 윤민수도 마찬가지였다. 자신의 약점을 잘 아니까 그쪽으로 올 때마다 몸이 먼저 반응했다. 이 작은 공은 성급함을 용서하지 않았다. 미세한 동작, 약간의 각도로도 공의 방향이 바뀌었다. 깃털만큼 가벼운 공이 아니던가? 인간은 이 가벼움을 참아낼 수가 없었다.

경기 결과는 세트 스코어 3대2로 윤민수가 이겼다. 대식 씨가 다시 한번 도전했지만 냉정한 윤민수가 단번에 거절했다.

승부에서 이긴 녀석이 대식 씨가 사 준 음료를 들고 밖으로 나가 파라솔 아래 앉았다. 내가 녀석을 따라 나간 건 탁구장 안에 아는 사람이 없어서다. 녀석 앞에는 대식 씨가 사 준 이온 음료 두 개가 나란히 있다. 분명 한 개는 내 몫인데 매정한 녀석은 아무 말도 없이 저만 이온 음료를 들이켰다. 나는 스스로 찾아 먹기로 했다.

"이건 내 거지?"

캔을 집어 들고 냉큼 뚜껑을 땄다.

"왜 따라왔나?"

"안 따라왔는데?"

"따라왔잖아."

"안 따라왔거든!"

"훗!"

녀석이 입을 닫았다. 더는 묻고 싶지 않은 모양이다.

"탁구 치려고 왔거든."

"그럼 치고 가라!"

녀석이 벌떡 일어섰다. 그러고는 뭐라 물어보기도 전에 안으로 들어갔다.

치사한 자식!

모르는 사람이 와도 이렇게 하진 않을 것이다. 딱히 뭘 기대하진 않았지만 역시 예상대로다.

음료수를 천천히 마신 다음 탁구장 안으로 들어갔다. 들어가자마자 실장님이 다가오더니 등록에 필요한 것들을 얘기했다. 녀석이 그사이 고자질을 한 모양이다. 한참을 실장님 이야기를 듣다가 더는 미루면 안 될 것 같아서 말했다.

"그런데요, 지금은 등록 못 해요."

"네?"

실장님의 큰 눈이 더 커졌다.

"돈이 없어요. 나중에 돈 모아서 올게요."

"아, 관비요?"

"처음 한 달은 공짜예요. 탁구채는 여기 탁구장 안에 돌아다니는 거 있으니까 그걸 줄게요. 신발만 있으면 되는데 운동화 하나 가져오세요. 일반 운동화 빨아서 여기에서만 신으면 돼요."

"진짜요?"

"그럼요."

인심 좋은 아줌마처럼 실장님이 웃었다.

아무래도 탁구가 인기 없는 종목이라서 이렇게라도 회원 수를 늘리는 모양이다. 뭐, 나야 땡잡은 셈이다. 하호가 학원 에 다니는 바람에 딱히 갈 곳이 없다. 이참에 운동 하나 하는 것도 나쁘지 않을 것 같았다.

오늘은 일단 탁구장 탐색부터 하기로 했다. 얼떨결에 왔지 만 내가 이걸 좋아할지 모르겠다. 무엇보다 지금은 윤민수가 궁금했다. 녀석의 은밀한 사생활을 훔쳐본 것 같았고 이왕 훔쳐보니까 녀석에 대해 알고 싶어졌다. 무엇이 나를 이곳으 로 이끌었는지 모르겠지만 이 모든 건 아침에 본 흰 공이 시 작이었다.

1시간 전, 6차선 대로에서 하호에게 뒤통수를 맞았고 그 후유증이었을까? 갑자기 나타난 흰 공을 따라 이곳까지 오 게 되었다. 여기는 저 바깥세상과 완전 다른 세상이었다. 앨 리스가 흰 토끼를 따라 이상한 세상에 들어간 것처럼 나는 흰 공을 따라 내가 모르는 세상으로 들어왔다. 모두가 알록 달록한 옷을 입고 비슷한 라켓을 들고 똑딱똑딱 흰 공을 친다. 마치 트럼프 병사처럼. 하지만 지켜야 할 여왕은 없다. 오로지 지킬 건 자신뿐이다. 인생의 랠리에서 잠시 후퇴하든 전진하든, 동굴은 동굴의 법칙이 있었다.

오로지 1점이다. 드라이브로 화려하게 1점을 따든, 스매시로 강력하게 1점을 따든, 어설프게 넘긴 공이 네트를 건드리고 넘어가든, 1점 승부다.

종이보다 가벼운 2.7그램짜리 흰 공으로 가로 152센티미터 세로 274센티미터 테이블 안에서 승부를 내야 한다. 장외 홈런으로 여러 점을 내거나 공 하나로 두 명을 죽이는 병살이나 도루 같은 속임수는 없다. 잘 치든 못 치든 너와 내가 공평하게 한 번씩 공을 칠 수 있다. 오로지 정직한 1점만이 존재하는 세계다. 그러니까 고수에게도 하수에게도 1점은 공평하게 주어진다. 단지 어마무시한 부수의 세계가 존재한다는 걸 이때는 알지 못했다.

로봇과 사랑에 빠지다

다음 날부터 나는 학교가 끝나면 바로 탁구장으로 달려갔다. 돈도 안 들고 시간은 잘 가고 게다가 교실과는 180도 다른 녀석을 만나는 재미가 쏠쏠했다.

탁구장 안에는 일곱 개의 탁구대가 있고 구석 안쪽에 꽤 큰 공간이 하나 더 있었다. 그곳은 여러 코치가 교대로 와서 회원을 가르치는 레슨실과 기계에서 공이 나오는 탁구대가 있다. 이 기계를 나는 로봇이라 불렀다. 하루 20분 수업, 주중 2회를 받는 10만 원짜리 레슨은 내 형편에 어려웠다. 레슨 대신 로봇을 치기로 했다. 실장님이 알려 준 대로 동작 키를 익히자 로봇은 재미난 놀이기구가 되었다.

포핸드 동작은 간단했다. 발을 어깨만큼 벌리고 오른팔을 왼쪽 옆구리에 주먹 한 개가 들어갈 정도로 벌린 채 'ㄴ' 모양으로 꺾는다. 라켓은 팔과 손이 일직선이 되게 잡는다. 그 상태로 라켓을 내 눈앞까지 올리면 포핸드가 된다. 물론 섬세하게 지적할 사항이 있지만 쉽게 말해 라켓의 앞면으로 치는 게 포핸드다.

세상 모든 것에는 앞이 있고, 이 세계에서 가장 먼저 배워야 할 앞면은 바로 포핸드다. 탁구를 동전으로 치면 앞면이 포핸드, 뒷면이 백핸드다. 이게 탁구의 기본이다.

삶에도 포핸드, 백핸드가 있었다.

아빠가 집을 나갔다. 우리 집의 뒷면이 되겠다. 앞만 바라볼 것 같았던 포핸드는 잠시 접어 두고 아빠의 백핸드가 먼저 발동되었다. 그 강력한 백핸드에 엄마와 나의 일상이 흔들렸다.

"왜 나갔는데?"

집 나간 아빠에 대해서 담담하게 말하는 엄마가 더 미울 정도다.

"생각할 시간이 필요하대."

"뭐 영화처럼 돈 벌러 간 게 아니고?"

"그건 영화고."

"그러니까 영화처럼 말해 주면 안 되냐고? 어떤 부모는 아빠가 돈 벌러 미국 갔다고 선의의 거짓말 같은 거 하잖아. 엄마 그런 거 몰라? 이렇게 하나밖에 없는 아들한테 상처를 줘야겠냐고."

"요즘은 자식이 하나인 거 특별한 일 아니야. 미국으로 돈 벌러 가는 시대도 끝났어. 트럼프가 대통령 됐잖아. 알고 있지?"

"트럼프가 무슨 상관인데?"

"유색인종이나 이민자들한테 불친절한 정책을 펴니까. 아메리칸 드림이 끝났다는 거지."

"팩트로 팩트를 날리네."

"이제 어린애가 아니니까 말하는 거야. 그러니까 뭘 하든 네 상황을 인지하고 있어. 엄만 너한테 공부 같은 거 하라고 안 해. 공부에 재능이 없는데 너랑 나랑 둘 다 불행해지는 건 싫으니까. 하지만 조건이 달라졌어. 예전에는 먹고살 자신이 있었는데 요즘은 엄마도 헷갈려. 너도 알다시피 엄마가 하는 일은 엄마 좋아서 하는 일이었어. 솔직히 돈 버는 일은 아니었지. 그런데 이제 상황이 달라. 나도 처음이라 어디부터 다시 시작해야 할지 모르겠지만 열심히 찾아볼게. 각자 잘 좀 하자, 응?"

"난 잘하고 있으니까 엄마나 헷갈리지 마."

"그럼 다행이고!"

아빠는 무슨 생각으로 집을 나간 걸까? 나도 생각이 많아졌다.

가끔 하호가 말했다.

"야, 생각 좀 그만해. 넌 생각하면 꼭 일을 저질러."

아빠도 생각이 길었던 것일까? 그 긴 생각이 엉뚱한 길로 아빠를 인도한 것은 아닐까? 모든 건 아빠 엄마의 잘못이라고 말했다. 하지만 그건 너무 화가 나서 한 말이었다. 아빠 엄마를 원망한 것은 맞지만 죄가 될 일은 아니다. 누구나 뒤로 가야 할 때가 있다. 잠시 멈추어야 할 때가 있는 것처럼. 인생에 직진만 있다면 그처럼 따분한 일도 없을 것이다. 누구든 패자가 될 수 있고 패자 부활전에서 다시 살아나는 드라마도 있는 법이다. 나는 아빠가 긴 생각으로 잠시 길을 잃어도 괜찮다고 생각한다. 그날의 나처럼 공부를 안 하겠다는 선전포고와 비슷하니까. 용감한 선전포고로 나도 길을 잃었다. 아빠가 길을 잃었어도 아빠를 응원할 것이다. 아들이라서가 아니라 16년 인생을 살아 보니 아빠는 꽤 괜찮은 인간이다. 적당한 낭만과 한 템포 느린 유머와 좀 지나친 친절함이 있지만 누구보다 성실한 직장인이다. 내게 공부를 강요하지 않은 것만 봐도 여느 집 아빠들과는 다른 사람이었다.

로봇은 아빠만큼 성실했다. 똑같은 각도, 똑같은 세기, 똑같은 공을 한결같이 보내주었다. 그러면 나도 로봇처럼 포핸드를 치면 된다.

똑! 딱! 똑! 딱!

생각 없이 로봇이 주는 공을 친다.

똑! 딱! 똑! 딱!

오로지 흰 공과 나뿐이다.

똑! 딱! 똑! 딱!

아빠는 길을 잃었고 엄마는 길을 찾고 있다.

똑! 딱! 똑! 딱!

하호는 길을 찾았고 나는 길이 어디인지 모르겠다.

똑! 딱! 똑! 딱!

무심한 윤민수는 학교에서도 여기서도 나를 못 본 척한다.

누군가 로봇을 껐다.

"학생, 자세가 틀렸어. 골반을 움직여야지."

무례한 이 사람은 나의 허락도 없이 로봇을 끄고는 성큼 내 허리를 잡았다.

"어, 어, 왜 이러세요?"

"이렇게 습관이 들면 나중에 고치기 힘들어. 그러니까 이렇게 해 봐. 이렇게…… 이렇게……."

넙데데한 손이 내 골반을 잡더니 앞뒤로 돌린다. 몸이 따라 움직인다. 몸이 움직이니까 팔이 따라 움직였다.

"아, 고맙습니다……."

그가 한참을 내 골반과 허리, 팔을 잡으며 포핸드 자세를 교정해 줬다. 레슨비가 없으니 이렇게라도 참견해 주는 인간이 너무 고맙다.

'그렇지, 공은 팔로 치는 게 아니라고 했어. 몸으로 치는 거니까 골반의 회전력이 필요한 거야.'

어젯밤에 본 유튜브 내용까지 생생하게 떠오른다.

얼마나 쳤을까, 또 누군가 다가왔다.

"학생 열심히 치네? 하도 열심히 쳐서 내가 좀 가르쳐 줄 게. 내가 웬만하면 참견 안 하는데 학생이 열심히 해서 가르쳐 주는 거야. 잘 들어야 해. 딱 한 번만 가르쳐 줄 거니까."

"아…… 네……."

이번에는 거의 임산부처럼 배가 나온 아저씨다. 허리에 찬 밴드와 머리의 나이키 밴드가 묘하게 어울린다.

"자, 라켓 잡은 손목을 이렇게 꺾으면 안 돼요. 약간 세워."

"이렇게요?"

라켓을 살짝 세워 보였다.

"그렇지, 그렇지! 잘하네. 그렇게 한번 쳐 봐."

공이 붕 떠서 테이블 밖으로 나간다.

"아냐, 아냐, 그렇게 하면 공이 밖으로 나가지. 왜 그런 줄 알아?"

"저야 모르죠!"

"그, 그렇지, 학생은 모르지. 자, 여기가 타점이야. 여기서 공이 맞고 라켓이 눈앞을 지나가야 해. 일직선으로 눈앞을 지나가야 공의 방향이 정확하게 저 왼쪽 코너에 떨어져."

"이, 이렇게요?"

"아니, 아니, 팔이 돌아가는 게 아니고 몸이 돌아가야 해. 그러면 라켓은 자연스럽게 따라오게 돼 있어."

"이렇게요?"

공은 번번이 테이블 밖으로 나가거나 네트에 꽂혔다. 아저씨가 한숨을 내쉬었다.

"아, 라켓 줘 봐. 내가 한번 보여 줄게."

그는 내 손에 있던 라켓을 뺏더니 로봇 앞에서 자세를 보여 줬다. 그런데 그가 말한 자세가 아니었다. 자기도 이상한 자세로 포핸드를 치고 있었다. 하지만 나는 흔쾌히 말했다.

"아, 똑같네요! 알겠어요. 한번 해 볼게요."

냉큼 그의 손에서 라켓을 빼앗아 다시 로봇 앞에 섰다.

나중에 알고 보니 이분은 엄청난 고수였다. 그 몸매로 어떻게 탁구를 잘 치느냐? 매우 미스터리지만 치는 걸 보면 금방 알 수 있다. 떨어지는 공을 테이블 밖에서 고기 잡듯 걷어 올리는 타법으로 탁구를 친다. 아무리 센 공도 그가 올린 공은 살이 오를 대로 오른 물고기가 되었다. 그러니까 상대가 아무리 격하게 공을 쳐도 이분의 여유로움은 달인의 경지다. 상대 선수는 미친 듯이 움직여야 한다. 그렇게 지쳐 간다. 그 순간 그는 예리하게 코너를 공략한다. 한 방이면 된다. 그 한 방으로 승부가 난다. 타고난 승부사다.

똑! 딱! 똑! 딱!

이제는 안다. 열 명의 포핸드는 열 가지의 포핸드임을.

탁구장에 있으면 최소한 서너 명의 사람이 다가오고 서너 번의 가르침이 있다. 인생에 늘 스승이 있는 것처럼.

하호는 내 첫 번째 스승이었다. 전교 꼴등을 스승으로 두다니 누가 들으면 기가 차고 코가 막힐 일이지만 내 인생의 변곡점에서 만난 아이였다.

"너 그렇게 살면 안 돼."

아파트 놀이터에서 만난 일곱 살짜리 한하호가 이렇게 첫 가르침을 주었다.

"뭐야?"

천둥벌거숭이이던 나는 어른처럼 말하는 녀석을 향해 대뜸 따지듯 대꾸했다.

"다 순서가 있어. 미끄럼틀도 그네도 저 돌아돌아도."

"돌아돌아?"

"저거 있잖아. 계속해서 돌아야 사는 애!"

녀석이 원심력으로 도는 뺑뺑이를 손가락으로 가리켰다.

뺑뺑이를 '돌아돌아'라고 말하는 것도 심상치 않았지만 녀석의 말투가 먼저 나를 제압했다.

"네가 뭔데?"

"아무것도 아닌데, 네가 아까부터 순서를 기다리지 않고 미끄럼틀도 타고 그네도 탔잖아."

"내가 언제?"

"아까도 그랬고, 어제도 그랬고, 어제어제도 그랬어. 너 친구 없지?"

"뭐? 친구? 나 친구 많거든!"

"친구 없네. 친구가 되려면 순서를 지켜야지. 덩치 크다고 그러면 못써."

말투가 어째 우리 엄마 같았다.

'민수야, 그러면 못써. 민수야, 순서를 지켜야지. 민수야, 덩치 큰 거 믿고 까불다 다친다.'

그랬다. 머리 한 개가 큰 나는 놀이터에서 왕이었다. 원래 수컷의 세계에서는 어릴수록 피지컬이 먹히는 법이었다. 그런데 주먹만 한 녀석이 그런 나를 한마디 말로 제압했다.

"이게 까불고 있어?"

나는 가슴과 배를 들이밀며 녀석에게 다가갔다. 그때 저만치 녀석의 엄마가 있었다.

"하호야, 이제 집에 가야지?"

"네에!"

녀석이 쪼르르 달려가 일곱 살짜리답게 자기 엄마 품에 안겼다.

녀석이 가고 나는 계속 돌아야 사는 애라고 했던 죽은 뺑뺑이에 앉아서 놀고 있는 애들을 지켜보았다. 그러고 보니 놀이터에서 나와 같이 노는 애들이 없다. 다들 삼삼오오 누군가와 그네를 타고 누군가와 시소를 타고 누군가와 앞서거니 뒤서거니 미끄럼틀을 타는데 나는 혼자였다. 왜 그걸 여태 몰랐을까? 나는 애들이 나를 무서워하는 줄 알았다. 그런데 그게 아니었다. 나를 피하는 거였다. 덩치 하나 믿고 까불던 나는 그 믿음이 깨져 버렸다. 머리 하나 큰 나는 머리 하나 작은 녀석 앞에서 쩔쩔매는 날이 자주 찾아왔다. 그러니까 피지컬은 영원하지 않다는 걸 래디컬하게 받아들인 셈이다. 나는 한하호와 그렇게 친구가 되었다.

머리 하나가 컸던 일곱 살짜리는 평범한 열여섯이 되었다. 덩치도 키도 지극히 평범해졌다. 나는 평범함이 좋았다. 윤민수처럼 튀지 않아서 평범했고 한하호처럼 꼴찌라는 이름표를 달지 않아서 평범할 수 있었다. 누구에게나 평범하고 공평하게 공을 주는 저 로봇처럼.

탁구 로봇을 하루에 두 시간씩 쳐 댔다. 포핸드와 백핸드를 차례대로. 여기저기서 받은 가르침이 로봇의 공을 치는 데 도움이 되었다.

그렇게 한 달이 채워져 갈 무렵 허리가 아프기 시작했다. 오죽하면 집에서 허리에 온찜질을 해야 했을까! 미세한 통증에도 나는 탁구 로봇을 포기할 수 없었다. 이 반복적인 동작에 마치 중독된 것 같았다.

"학생, 심심하지 않아요? 탁구장 와서 기계만 치네요? 저랑 좀 칠래요?"

명지탁구장 관장님이다. 이른바 명지탁 주인장이 되겠다. 관장님은 사실 시인이다. 대학을 졸업도 하기 전에 등단을 한 천재 시인 비슷하다고 한다. 탁구와 시라니 정말이지 간극이 크다. 적어도 탁구는 동적인 움직임을 필요로 하고 시는 정적인 기운이 필요하지 않을까? 탁구와 시가 멀다고 생각했는데 가끔 나는 로봇을 칠 때 시를 읽는 느낌이 들 때가 있다. 나 자신과 무엇인가를 주고받는다. 내 안의 기운을 읽고 있다. 어느 땐 지독하게 외롭고 어느 땐 지독하게 화가 난다. 그건 시 말고 표현할 길이 없을 것 같다. 어쨌든 시인 관장님은 탁구장에 잘 나오지 않는다. 회원들 일에도 딱히 관심이 없다. 손님이 와도 관장님은 탁구를 치느라 보고도 아는 척하지 않는다. 빈 테이블이 있으면 치라는 격이다. 다 치고 나면 출입문에 붙여 놓은 계좌로 알아서 입금하면 그만이다. 상담을 필요로 하는 손님인 경우에는 실장님이 하지만 안 계실 때는 회원 중 누군가가 안내하기도 한다. 마치 모두가 주인이자 모두가 회원이고 모두가 이곳을 관리하는 셈이다. 과연 이렇게 탁구장을 운영하는 곳이 또 있을까? 여기는 분명 이상한 나라가 틀림없다. 그런 시인 관장님이 내게 와 간섭을 하는 건 매우 드문 일이다.

"전 로봇이 좋아요. 얘는 한결같거든요."

"로봇이 좋다고요? ……그럴 수 있지요. 하지만 로봇은 감정이 없잖아요. 탁구는 상대의 감정을 읽어야 해요. 페이크가 있거든요."

"페이크요?"

"속임수요. 상대를 어떻게 잘 속이냐도 매우 중요해요."

"탁구로 어떻게 속여요?"

"그게 궁금해지면 홀로 나와요. 내가 멋지게 속이는 방법을 알려줄 테니까요."

깍듯이 존대를 하는 시인 관장님은 말이 길지 않았다. 어떤 재촉도 가르침도 없었다. 궁금해? 그럼 나와. 세상 밖으로 나오면 보여 줄게. 이런 식이다.

관장이 아닌 시인의 말이었다. 갑자기 그가 어떤 시를 쓰는지 궁금해졌다.

인간은 말이 많다. 생각이 많고 행동이 커지니까 현상도

다양하고 할 말이 많아지는 것이다. 단순하거나 짧은 말이 밀려나고 있다. 마치 시처럼. 시처럼 짧은 말로는 다 표현할 수가 없는 세상이 되었다. 구구절절 지금을, 나를, 설명한다. 포장도 해야 하고 뻥도 좀 쳐서 그럴듯하게 보여 줘야 한다. 시인은 지금을 살아가는 데 매우 불리하다. 나 역시 이런 세상에 적응하지 못하고 있다. 나를 제대로 보여 주는 스킬이 없다. 나를 보여 주려면 여러 과정이 있어야 하는데 이 세상은 서열로 구분된다. 일등 아니면 꼴찌라는 구분이 그러했고 아파트 아니면 빌라라는 구분이 그러했다. 성공과 실패가 그러하고 승자와 패자가 그러했다. 그런데 로봇은 구분하지 않는다. 많은 행동을, 복잡한 생각을 요구하지도 않는다. 나를 포장하지 않아도 로봇은 관대하게 바라본다. 네가 어떤 공을 주든 나는 한결같은 공을 줄게. 그러니까 애쓰지 마. 그냥 공을 쳐. 여기 너를 위한 공이 있어. 로봇은 늘 내게 다정하다.

나는 떠나가 버린 하호 대신 로봇과 놀기로 했다. 이제는 머리 하나가 크지도 않고 평균화된 피지컬로 이 놀이터에 남았으니 정말로 로봇이 필요했다.

그런데 나와 같은 생각을 하는 녀석이 있었다.

"야, 고민수, 요즘 꼴찌가 공부하더라? 다음 꼴찌는 너냐?"

앞쪽에서 웃고 찧고 까불던 반장이 심심했는지 내게 다가와 한마디 했다. 그러자 옆에 앉은 윤민수가 대신 대답했다.

"넌 진짜 말이 많구나?"

"뭐라고?"

반장이 윤민수를 노려봤다.

"그런 말은 쓸데없는 말이거든. 말 좀 줄여."

그러고 보니 윤민수 이 녀석도 말이 없었다.

반장은 윤민수 참견에 깜짝 놀라 물러섰다. 절대로 나설 것 같지 않았던 이의 등장은 언제나 먹히는 법이다.

학교에서 눈 한번 맞추지 않던 녀석이 관장님이 가고 나자 내게 다가왔다. 탁구를 친 지, 아니 명지탁구장에 온 지 꼭 한 달 만이었다.

부수의 세계

명지탁 사람들은 윤민수를 5부라고 말한다. 탁구에는 부수라는 게 있다. 일종의 계급 같은 거다. 공식적으로 8부 이상 쳐야 부수의 세계에 입문할 수 있는데 하수들이 나름의 부수를 만든 게 10부, 9부라고 할 수 있겠다. 그러니까 8부 이하는 엄밀히 말해 부수의 개념을 줄 만한 실력이 안 된다.

윤민수는 초고수는 아니지만 고수든 중수든 하수든 누구와도 게임이 가능한 부수라고 할 수 있다. 한 달째 지켜본 결과 윤민수는 게임 상대로는 꽤 좋은 계급이다. 게다가 이 탁구 세계에 신인류 격인 젊은 피가 아니던가.

누구든 탁구장에 온다면 일단 부수를 묻는다.

"몇 부세요?"

"저는 5부인데요."

이렇게 대답하는 말투에는 은근히 부심이 있다. 어디에 내놔도 부끄럽지 않은 계급이라는 거다.

"몇 부세요?"

"저 못 쳐요. 한 10부……."

이럴 땐 상대가 웃는 게 느껴질 정도다. 그러니까 머리 꼭대기에 피도 마르지 않은 신생아 격이다. 그 신생아가 귀엽다면 뭐 한 판 정도는 쳐 주는 자비로움을 발휘할 수도 있다. 그래 봐야 랠리겠지만 그 신생아가 밉상이라면 상황은 달라진다. 처음부터 멀리하거나, 무시하거나.

그 빌어먹을 계급은 어디에나 존재했다. 아빠의 회사에서도 그런 존재가 있었던 모양이다. 다른 부서로 밀려난 아빠는 계급에서 불리했다. 무언의 압박과 불편함이 있었다. 언젠가 식탁에 마주 앉아 두 분이 나눈 대화가 그러했다.

"괜찮아. 언제든 당신이 원하는 대로 해."

역시 엄마는 심각한 게 없는 사람이었다.

"그렇게 지고 싶지 않아."

"그 사람은 어떻게 됐는데? 같이 싸울 수 없는 상황이야?"

"이건 나만의 싸움이야."

"……응원할게. ……한 가지만 알아 둬. 당신은 혼자가 아니야."

아빠의 싸움이 어떻게 되었는지 알지 못한다. 아빠의 싸움에 대해서 아는 척하지도 않았다. 궁금했지만 이건 순전히 어른의 일이었다. 게다가 아빠가 누군가와 외롭게 싸우고 있다면 적어도 나에게 들키고 싶지 않을 거라 생각했다. 엄마도 별 내색 없이 아빠를 지켜보는데 내가 할 수 있는 게 없었다. 다만 아빠가 회사를 그만뒀을 때 이기지 않았다는 건 알수 있었다.

그런데 녀석은 계급을 묻지 않았다.

"지금부터는 나와 게임을 하는 거야."

"뭐? 그게 말이 되냐? 넌 5부라며?"

"그딴 숫자가 뭐가 중요하냐?"

"중요하지. 그게 실력 차이를 말해 주니까."

"물론 너와 난 실력 차이가 분명하게 나지. 하지만 고만고만한 실력을 가진 사람들한테 부수는 중요하지 않아. 탁구는 상대적인 게임이니까."

"뭔 소리야?"

"8부와 5부가 친다고 해서 꼭 8부가 지는 게 아니라는 거야. 5부가 반드시 이기는 것도 아니고. 단지 사람들이 정한 숫자일 뿐이야. 그런 숫자가 터무니없는 계급을 만든다고."

"계급?"

"정해 놓은 계급으로 미리 단정 짓는 거라고. 상대의 계급을 모른 채 탁구를 쳐 봐. 엄청난 일이 벌어지지. 난 그런 변수가 좋아. 그래서 계급을 묻지 않는 거라고. 처음 만난 순간 모두가 동등하다는 전제하에서 게임을 해. 그리고 경기를 한 다음 받아들여. 그게 진정한 승부지."

녀석은 모두가 그렇다고 판결해 버린 여왕의 법칙을 최초로 의심하는 인간이었다. 그러니까 자기만의 방식으로 깨고 있었다. 그래서 처음 오는 사람들은 모두가 윤민수를 거쳐 간다고 한다.

"몇 부세요?"

누군가 묻는다면 명지탁 사람들은 말한다.

"저기 저 녀석이랑 쳐 보세요."

"너 몇 부니?"

"그냥 쳐요. 누군가는 이기는 게임일 테고 누군가는 지는 게임일 테니까요."

사람들은 그런 녀석을 이상한 놈으로 보았다. 그러다가 한 게임 하고 나면 정신을 번쩍 차린다. 이겼다면 그 조막만 한 녀석이 거대하게 보일 터다. 졌다면 역시 생쥐였군 하며 안심하는 여왕처럼. 이기든 지든 녀석과 게임을 한 이후에 반드시 묻는다.

"너 몇 부니?"

자신이 몇 부와 쳐서 이겼는지 졌는지 알고 싶어 미칠 지경이다. 녀석은 절대로 말해 주는 법이 없다. 그런 정답은 정답이 아니라고 믿는 녀석이니까.

그렇게 나는 탁구장에 다닌 지 한 달 만에 녀석과 게임을 했다. 물론 녀석은 공격을 하지 않고 수비만 하는 탁구였다. 나는 1점을 얻기 위해서 무진장 애를 썼다. 내가 가진 모든 것을 해 보았다. 이게 동등한 게임인지는 모르겠으나 적어도 비굴하게 진 것 같지는 않았다.

그날 이후 모든 것이 달라졌다.

하루는 내내 녀석과 포핸드 랠리만 쳤다. 어디를 어떻게 쳐라, 팔을 밀지 마라, 허리를 돌려라, 녀석은 가르치지 않았다. 그렇게 며칠 동안 포핸드만 치다가 백핸드로 옮겨 갔다. 다음은 포핸드와 백핸드를 교대로 쳤고 어떤 날은 종일 커트만 했다. 그날 랠리가 안 됐다면 의자에 앉아서 남이 하는 걸 오래도록 보았다. 왜 내 공이 번번이 걸리는지, 남들은 어떤 자세로 치는지 긴 시간을 지켜보았다. 그러자 보는 재미도 만만치 않게 있었다. 고수들의 자세는 저마다 조금씩 달랐지만 일관된 게 있었다. 공을 잡아서 친다는 거, 강한 드라이브나 스트로크 앞에는 반드시 오른쪽 다리가 먼저 자세를 잡는다는 거, 그리고 준비 자세가 빠르면 여유가 생긴다는 것과 공은 생각보다 늦게 온다는 거였다.

"내가 급했구나?"

"뭐라고?"

내 옆에 앉아 있는 윤민수가 물었다. 왜 이 녀석은 게임을 하지 않고 내 옆에 붙어 있는지 모르겠다.

"급하게 공을 받으니까 걸린 거야."

"……."

"너무 가까이 섰네……."

"누가?"

"내가."

"……."

녀석이 피식 웃었다. 분명히 웃는 소리가 들렸다.

"내가 웃기냐?"

정색하고 물었다.

"안 웃었거든."

"웃었거든!"

"아니라니까. 음료수 마실래?"

처음이다. 녀석이 음료까지 접대하는 건.

"좋아."

"그럼, 저기 가서 복식 치자고 하자. 음료수 내기."

"야아…… 안 되거든? 나 10부거든?"

녀석이 벌써 3탁을 향해 가고 있었다.

"야아!"

"그깟 부수는 던져 버려. 그냥 즐겨!"

세상 불친절한 가르침이다. 아니 녀석은 가르치기보다는 내가 스스로 느끼길 원했다. 그래서 웃은 거였다. 내 말이 다 맞았으니까.

물론 돈이 있어서 레슨을 받는다면 정확한 타법과 자세를 배울 수 있을 것이다. 그러나 탁구장 안에는 그런 레슨 없이도 오랜 구력으로 탁구를 치는 어른들이 많았다. 20년, 30년 게임을 하면서 얻은 자기만의 타법이 있었다. 특히 팬홀더를 포기하지 않는 몇몇 사람이 그러했다. 선수가 아닌 바에야 누구나 자기만의 방법이 있다. 물론 오랜 연구 결과에 의해서 만들어진 자세는 가장 합리적인 자세임에는 틀림이 없다. 모든 스포츠가 그러하듯 그 패턴도 조금씩 바뀌며 진화한다. 예전에 가장 효율적이었던 자세도 시간이 지나면 차츰 낡아져 다른 자세에 자리를 내준다. 스포츠에는 그런 약속이 있다. 하지만 녀석은 모두가 정한 약속을 신뢰하지 않았다. 그때 그 일처럼.

"전 다른 방법으로 할게요."

그룹을 지어 늘어나는 1인 가구에 대한 그래프를 만들고 주거 형태와 사회적 기반 시설에 대한 변화를 알아보는 피피티를 만들어 발표하는 수업이었다. 모두가 누구와 조를 만들어야 하는지 머리를 굴리고 있을 때 녀석이 손을 번쩍 들었다. 자신은 피피티가 아닌 에세이로 만들겠다는 거였다.

"이건 조별 과제야."

처음에는 사회샘도 대수롭지 않게 대꾸했다.

"전 개인적으로 만드는 게 편해서요."

사회샘이 안경을 추켜올렸다. 녀석을 빤히 바라보다 강한 어조로 말했다.

"너 편하라고 하는 수업 아니니까 조별로 해 와."

"개인마다 특성이 있습니다. 존중하고 인정해 주세요!"

녀석이 물러서지 않았다. 이쯤 되자 사회샘은 자신에 대한 도전으로 받아들였다.

"윤민수, 일어나!"

녀석이 엉거주춤 일어섰다. 아이들은 팽팽한 긴장감이 도는 교실 공기에 누구 하나 움직이지 못하고 눈알만 굴렸다.

모처럼 재미난 일이 벌어졌다고 생각하는 녀석들도 있었다. 그러잖아도 지루하고 따분한 사회 시간이었으니까.

"왜 규칙대로 하지 않는 거야? 이 수업에 불만 있어?"

"아니요."

"그런데 왜 반항해?"

"반항이 아니에요."

"반항이 아니라고? 그럼 뭐야?"

"이 문제에 관심이 있어서 개인적으로 하고 싶습니다."

"너 공부 좀 한다고 봐주니까 이제는 수업 방식까지 네 멋대로 하려고 해? 네 개인 연구는 따로 하고 조별 과제로 해 와. 알겠어?"

"……."

녀석이 말없이 자리에 앉았다.

다름을 인정하지 않는 사회는 늘 저항이 있기 마련이다. 사회적 규칙, 게임에 대한 약속이 그러하듯. 다름을 모두가 틀렸다고 한다. 학교라면 더욱 그러했다. 모두가 같은 교복을 입고 비슷한 머리를 한 28명이 똑같은 수업을 받는다. 하나하나 다르지만 학교는 용납하지 않는다. 일대일 수업은 일방적인 과제에서도 존재했다.

그러니까 받아들이는 놈은 받아들이고 못 알아듣는 놈은

패스. 나머진 개인이 알아서 할 것. 이 규칙이 마음에 안 든다면 이 서비스는 제공할 수 없음. 불만이 있는 것들은 암묵적 루저. 계급 사회에서 도태될 가능성이 농후함. 대략 이런 수식어가 따라오기 마련이다.

녀석은 기어코 조별 과제를 수행하지 않았다. 녀석이 제출한 에세이는 휴지통으로 직행했다는 후문이 있었다. 녀석이 1등을 못 하는 건 이런 일들이 잊을 만하면 벌어져서다.

탁구장도 예외는 아니었다. 다행히 학교보다는 강압적이지 않았고 녀석의 특성을 누구나 조금씩은 아는 것 같았다.

"민수야, 그렇게 가르치면 안 돼."

누군가 우리의 탁구에 간섭했다.

"그냥 두세요. 탁구에 정답이 어디 있어요."

"그렇게 습관이 들면 나중에 고치기 힘들어."

"……."

녀석이 대답을 안 하자 그가 머쓱한 얼굴로 물러섰다.

"탁구는 절대로 같은 공이 오지 않아. 정답은 없어. 너만의 답을 찾아봐."

어느 순간 나는 외딴 섬이 되었다. 마치 녀석의 전용 선수처럼 누구도 내게 무엇을 가르쳐 주려 하지 않았다. 그게 억울하다면 녀석과 탁구를 안 치면 그만이었다. 그런데 나는 점점 녀석과 하는 탁구가 재미나기 시작했다.

이 어마무시한 부수의 세계에서 누구는 누구와 그렇게 커플이 되었다. 가만히 지켜보면 자기만의 파트너가 있었다. 그 아줌마와 아저씨가 그러했고 그 아저씨와 아저씨가 그러했다. 부부나 부자지간이 와서 탁구를 치는 이유를 알 수 있었다. 그러니까 탁구는 반드시 상대가 있어야 게임을 할 수 있는 스포츠였다. 그 안에서 부수는 아무런 힘도 없었다. 3부와 10부가 파트너가 되기도 하고 6부와 7부가 파트너가 될 수도 있다. 숫자나 계급은 사람들 사이에서 무의미해진다. 다만 사람과 사람이 남아 있다. 그가 그녀가 그 녀석이 잘 치길 바라는 마음, 이 무료한 세상에 이 시간을 즐겁게 보내기 위한 안간힘이었다.

녀석이 탁구를 치는 이유도 바로 이거였다. 녀석은 이곳에서 철저하게 자기만의 공간을 만들고 있었다. 누구도 침범하지 않는, 누구도 자기를 다치게 하지 않는 견고한 그 무엇. 녀석이 탁구를 치면서 무엇인가를 치유하고 있다는 것을 알게 되었다.

그러니까 녀석은 어딘가에서 상처를 받고 있었다. 나는 녀석의 눈에서 종종 슬픔과 분노를 보았다. 격렬한 게임이 끝나고 이온 음료를 들고 파라솔 아래 앉아 어딘가를 바라보고 있는 녀석은 헛헛해 보였다. 녀석이 보고 있는 것은 흐드러지게 핀 꽃도, 6층 스포츠 센터도, 파랗다 못해 투명한 저 하늘도 아닌 그 무엇이었다.

나는 윤민수가 보고 있는 것이 궁금했다. 점점 더.

무림의 고수들

자고로 무협의 세계에는 어디나 천하무림의 고수가 있기 마련이다. 승산의 소림사가 있다면 천 일 동안 운기조식을 한 것 같은 무당파, 화산파와 같은 9파 5대 세가와 비슷한 고수가 탁구장에도 있다. 탁구장에서 상품을 걸고 경기를 하면 어딘가에서 어떻게 듣고 왔는지 외부인이 게임 신청을 한다. 10년, 20년 넘은 탁구장 고수들은 서로가 얼굴을 알고 있을 정도로 한두 번은 게임을 해 본 적이 있다. 그만큼 탁구를 치는 인구가 적기도 하지만 중독성이 강해서 10년, 20년 구력이 흔하기 때문이다. 탁구는 짧은 시간에 실력이 느는 스포츠가 아니다. 적어도 수십 년 이상은 쳐야 웬만큼 즐길 수 있는 스포츠다.

그런데 보도 듣도 못한 누군가가 명지탁구장에 왔다. 그는 커다란 가방을 탁구장 바닥에 내려놓더니 탁구채를 꺼내고 탁구화를 신었다. 꽤 비싼 탁구채와 낡을 대로 낡은 운동화, 목이 늘어난 면티를 입은 그에게 실장님이 다가갔다. 그가 들고 있는 탁구채는 낫타쿠 바잘텍 아우터였다. 흔히 공격용 라켓이라고 할 수 있다.

"탁구 치시게요?"

실장님이 웃으면서 손님을 맞았다.

"게임 할 사람이 있을까요?"

그가 물었다. 눈매가 날카로웠다. 반백의 머리에도 늙어 보이지 않았다.

"제가 칠게요."

나와 랠리를 하던 윤민수가 나섰다. 민수의 라켓은 수비 용인 바잘텍 이너였다. 민수가 먼저 게임을 하겠다고 나서는 건 드문 일이었다.

"그럴까요?"

그가 탈의실에서 탁구복으로 갈아입고 나왔다. 윤민수는 1탁에 서서 그를 기다렸다. 갤러리들이 1탁 앞으로 모여들었다. 낯선 이의 기세가 금강불괴까지는 아니지만 예사롭지 않았기 때문이다.

무림의 고수가 몰고 온 바람이 심상치 않았다. 서로가 부수를 묻지 않았고 부스러기 같은 말도 없었다.

세 번의 평범한 랠리가 오갔다. 두 선수가 마주 보고 인사를 하고 점수판을 돌리는 심판에게도 인사를 했다. 민수가 공을 준비했다. 흔히 하수가 공을 제공하는데 민수는 자신이 하수라고 생각하는 걸까?

드디어 게임이 시작되었다.

고수의 너클성 서브였다. 민수가 짧은 공으로 리시브를 했다. 그러자 고수가 느닷없이 플릭으로 공을 쳐냈다. 예상치 못한 빠른 전개에 민수가 방심했다. 블로킹으로 공을 막아 냈지만 고수의 1점이 먼저였다.

당황한 민수는 풋워크로 몸과 마음을 가볍게 풀어내고 있었다. 이번에는 매우 평범한 커트였는데 회전이 있는 커트라 공이 휘어서 들어왔다. 그러자 이번에는 윤민수가 기가 막힌 치키타로 공을 걸어 냈다. 바나나 모양으로 공이 휘어서 갔다. 윤민수가 1점을 만회했다.

와아아!

갤러리들이 환호성을 질렀다.

강력한 드라이브와 스트로크, 루프 드라이브로 볼이 날아올 때면 절대로 놓치는 법 없이 걸어 내는가 하면 테이블 밑으로 아슬아슬하게 떨어지는 공도 걷어 올렸다. 고수와 민수는 화려한 기술을 전시하듯 자신이 가진 테크닉을 마음껏 펼쳤다.

똑딱! 똑딱!

공이 빠르게 오갔다. 고수의 경기에서 긴 랠리는 잘 나오지 않는다. 3, 4구에서 승부가 나고 길어야 6, 7구가 최선이었다. 그러니까 1, 2초 사이에 1점이 난다. 그런데 이번에는 탐색이라도 하듯 긴 랠리가 오갔다. 수비용 라켓을 든 민수의 공을 공격용 라켓을 든 고수가 방어하듯 보내고 있었다.

똑딱! 똑딱!

고수가 민수의 공을 커트로 넘겼다. 라켓의 검은색 면이다. 그러자 민수가 넘어온 공을 백으로 받아 냈다. 이번에도 고수는 커트성으로 받아 올렸는데, 라켓의 빨간색 면이다. 민수가 되돌아온 공에 강력한 백드라이브를 걸었다. 그런데 이번에는 고수가 검은색 면으로 공을 받아넘겼다. 민수가 재차 드라이브로 걸어 올린 공이 네트에 걸렸다.

고수가 수비를 할 때 라켓의 빨강과 검정이 차례로 보인 것이다.

와아아아!

"뭐예요?"

실장님에게 물었다. 순식간이지만 라켓 색깔이 바뀌는 걸 나도 확인할 수 있었다.

"아, 이런! 트위들링이야. 반전형이라고도 하는데, 라켓을 돌려 가면서 공격과 수비를 하기 때문에 저런 스타일의 선수를 만나면 까다로울 수밖에 없어. 흔한 전형은 아니야."

"왜 저런 기술을 써요?"

"고수의 라켓 한 면이 롱핌플이야. 검정 평면 러버로 돌려서 공격을 한 거지."

"아, 뽕을 단 라켓인 거죠?"

"그렇지."

"뽕을 단 라켓은 저렇게 라켓을 돌려 가면서 공격해요?"

"그렇지 않아. 저건 쉬운 기술이 아니거든."

현란한 고수의 기술에 갤러리들이 흥분하기 시작했다.

"도대체 누구예요? 어디서 온 사람이에요?"

"나도 처음 보는 사람이야."

"관장님은 알지 않을까요?"

시인 관장님이 사람들 뒤에서 그들의 경기를 보고 있었다. 관장님은 시를 쓴 것보다는 짧지만 20년 넘게 탁구를 친 사람이다. 탁구에 미쳐서 시를 쓰지 않는 시인인 거다.

우리 말이 들렸을 테지만 시인은 말이 없었다. 그저 탁구를 치는 두 선수의 격렬함을 고요하게 지켜볼 뿐이다.

이름 없는 고수가 윤민수를 이겼다. 세트 스코어 3대1이었다. 명지탁 고수들이 차례대로 그에게 도전했다. 최대 스코어 3대2까지 간 건 대식 씨뿐이다.

"아, 허정 씨가 있으면 해볼 만한데."

명지탁 최고 부수인 허정 아저씨 부재를 아쉬워했다. 거대한 체구를 가진 허정 씨는 단연코 이 탁구장의 초고수다. 허정 씨와 미순 씨의 경기를 두어 번 본 적이 없다. 이건 인간이할 수 있는 경기가 아니었다. 전광석화같이 빠른 공도 놀랍지만, 그 짧은 순간에 기가 막히게 자세가 나오고 달라지고 변한다는 것이다. 눈이 아닌 몸이 먼저 공을 맞이한다. 이게바로 임팩트다. 오랜 시간 탁구를 친 이들은 정확한 임팩트를 몸이 알고 있었다. 그걸 코앞에서 보는데도 내 눈을 의심했다. 마치 그들이 움직일 때마다 승산 깊은 계곡에서 불 것같은 맹렬한 바람이 탁구대 위에 부는 것 같았다. 그런데 이름 없는 고수가 허정 씨를 이길 수 있는지는 모르겠다. 누구

말대로 탁구는 상대적인 게임이고 부수만으로 그 승패를 결정짓기에는 많은 변수가 있었다.

도장 깨기 하듯 명지탁 고수들을 차례대로 누른 이름 없는 고수가 말했다.

"더 치실 분 계세요?"

"형, 저랑 치시죠."

역시 관장님은 그를 알고 있었다.

"오랜만이네."

오랜만에 봤다는 건지, 오랜만에 탁구를 친다는 건지 헷갈렸다. 어느 쪽이든 마찬가지이지만.

자고로 수컷들의 세계는 숭산의 소림사와 같은 많은 정파들이 있고 그 안에는 반드시 고수들이 있다. 누군가는 20년 동안 맨발로 훈련을 하는가 하면 누군가는 화살촉 같은 폭포수 밑에서 갈고닦은 실력이다. 눈보라 치는 찬 얼음 위에서 허허 바람을 온몸에 감고 훈련을 하던 고수들은 지금 모두 어디에 있을까? 누군가는 시인 관장이 되어 무심하게 탁구장을 할지도 모르겠다. 누군가는 떠돌이처럼 이 탁구장 저 탁구장을 다니며 이름을 날릴지도, 누군가는 이 무림의 세계를 떠나 영영 돌아오지 않을지도 모르겠다.

서기 600년 당나라 시대의 무당파도, 중국 다섯 개의 험한

산 중 하나인 서악의 화산파도, 사천성의 아미파도 실존하는 정파다. 그러니까 여기 마주한 이 둘은 전설처럼 떠도는 어느 정파의 고수처럼 실존하는 이들이었다.

나중에 들은 윤민수 말에 의하면 한때 시인과 이름 없는 고수는 형과 아우처럼 다정한 사이였다고 한다. 어려운 날들을 부실한 바다 위 탁구대에서 어깨를 부딪치며 탁구공을 쳤다고 했다.

그들은 지독하게 가난했던 청년이었다. 한 명은 시를 썼고 한 명은 작은 출판사를 했다. 그들은 가난을 나누었다. 나누었기에 덜 외로웠다. 나눌 수 있었기에 그 시절을 견딜 수 있었다. 오로지 원하는 책을 세상 밖으로 내기 위함이었고 탁구는 작은 위로 같은 거였다.

1997년, 그들이 나온 대학은 한총련 시국 사건과 무관하지 않았다. 프락치 오인 사건으로 나라가 흉흉하던 때 둘은 생각이 달랐다. 시국 사건에 간접적으로 연루된 후배의 책을 내는 데 서로 의견이 달랐다. 한 명은 완강하게 거부했고 한 명은 출간하길 바랐다. 한 명은 연대 책임을 물었고 한 명은 연대 책임까지 물을 수 없다는 거였다. 이념은 같았지만 그를 대하는 방향이 달랐다. 다름은 종교가 다른 것만큼, 심리적 물리적 거리감을 만들어 냈다. 그해 말로만 듣던 IMF가 터지고 한총련이 몰락하고 출판사 뿌리깊은나무를 만든 창업자가 죽고 엔씨소프트라는 게임 회사가 만들어졌고 일본 만화 〈세일러 문〉이 상영되었다. 2년 전에 무너진 성수대교가 다시 개통됐지만 그들의 다리는 무너지고 말았다. 영영 이어지지 않을 다리를 건넌 셈이었다. 그런데 윤민수 이 녀석은 이런 사연을 어떻게 알고 있을까?

"소문은 들었어요."

시인이 1탁 앞으로 다가갔다.

"나도 들었어. 여전히 탁구를 치다니, 게다가 탁구장까지 차렸다니 놀라웠지."

"어쩌다 보니 탁구장을 하게 됐어요. 저도 형님이 계속 탁구를 쳐서 놀랐습니다."

"이게 즐거웠던 유일한 기억이니까……."

그렇게 둘은 탁구대를 두고 마주 섰다. 무려 이십 몇 년의 세월이 그사이에 있었다.

나는 시인 관장님의 경기를 본 적이 없다. 하수나 중수를 상대로 랠리 하는 건 몇 번 봤지만 고수들끼리 하는 경기는 번번이 놓쳤다. 아무래도 내가 탁구장에 오는 시간이 빈 탁구대가 없는 오후라서 그렇기도 하다. 오후는 단식보다 복식을 많이 치고 회원들을 위한 탁구대가 늘 부족하기 때문에 실장님도 시인 관장님도 탁구를 잘 치지 않으신다.

드디어 오늘 시인의 경기를 코앞에서 보게 되었다. 그것도 무림의 두 고수가 만나는 전설 같은 경기를 직관하게 되었다는 기대감에 가슴이 두근거렸다.

고수와 시인이 인사를 했다. 공은 시인이 준비했다.

"플레이!"

실장님이 외쳤다.

시인이 먼저 평범하지만 회전이 섞인 커트성 서브를 넣었다. 고수가 어중간한 라켓 각도로 받았다. 회전과 커트가 섞인 공은 어정쩡하게 받아야 한다. 라켓을 바짝 세우거나 눕히지 않듯 인생의 어느 순간도 그래야 할 날이 있다. 지금의 나처럼.

고수는 영리하게 드라이브를 경계해서 네트에 바짝 붙여 공을 주었다. 그러나 시인이 한 수 위였다. 기막힌 플릭으로 순식간에 공을 넘겼다. 공이 짧고 강하게 코너를 향해 날아갔다. 그러자 고수가 강한 스트로크로 되받아쳤고 그걸 시인이 드라이브로 시원하게 날렸다. 윤민수 말이 아니어도 시인의 드라이브는 정말이지 화려했다.

와!

누구도 이런 드라이브를 하지 않는다.

어깨보다 넓게 벌려, 90도 각도로 꺾인 다리, 오른쪽 어깨는 깊숙이 가라앉는다. 마치 잠수함이 물속 깊이 잠수하듯. 그렇게 떨어뜨린 팔이 활강하듯 유선형으로 펼쳐진다. 날아오는 공이 테이블이 시작되는 그 지점에 떨어질 때 정확하게 라켓과 만난다. 어깨와 팔이, 허리와 골반이 돌아가며 정확한 타점에서 공이 맞았다. 공이 속사포처럼 상대의 진영을 향해 달려간다. 고수가 달려간다. 공에서 시선을 떼지 못한다. 라켓이 본능적으로 각을 맞춘다.

팟!

기울기의 힘을 공이 참지 못하고 높이 난다.

"로빙볼이다!"

누군가 작은 소리로 외쳤다. 그러자 시인이 침착하게 공을 기다렸다. 절대로 서두르는 법이 없다. 아무리 높이 올라간 공이어도 언젠가는 떨어지니까. 기다리던 공이 원하는 지점까지 낙하한다. 지금이다! 어깨 밑으로 내려온 공을 정확하게 상대 테이블에 내리꽂았다.

하얀 공이 테이블에 90도 가까이 내리꽂힌 다음 테이블 밖으로 떨어졌다. 누구도 그것을 받아 낼 순 없었다.

"1점!"

여기저기서 탄식 같은 소리가 터져 나왔다.

시인과 고수는 총 네 세트를 했다, 세트 스코어 2대2, 공평하게 2세트씩 이겼다. 통상 이럴 땐 5세트를 하는데 고수가 물러섰다.

"마지막 승부는 다음에 하지."

"저랑 차라도 마시고 가세요."

고수가 대답하지 않았다. 그는 주섬주섬 짐을 챙기더니 탈의실로 들어갔다. 옷을 갈아입고 나온 고수는 시인을 향해 말했다.

"이 탁구장 자네 닮았어. 출입문에서 바로 알 수 있었지."

"꽃은 형이 더 좋아했잖아요. 그 좁은 회사 주차장에 악착같이 심었던 꽃나무들을 아직도 기억하고 있는걸요."

"별걸 다 기억하고 있군."

고수가 웃었다. 개나리가 피었던 화단에 붉은 철쭉이 피고 있었다. 개양귀비와 하얀 수국, 목련이 망울을 머금고 있었다. 알뜰하게 화단을 가꾸었던 관장님 솜씨는 달리 나온 게 아니었다. 탁구장보다 이 작은 화단을 열심히 단장했다. 철철이 꽃을 심고 약을 꽂아 주고 시든 나무는 가지치기를 하고 연약한 줄기에 대를 꽂아 주는 수고를 했다.

인간의 기억은 참으로 놀랍다. 아빠는 산에 가거나 공원을 산책할 때도 나무 이름을 가르쳐 주었다. 내가 또래 아이들보다 나무나 식물 이름을 잘 아는 것도 아빠 덕분이다. 아빠에게 배운 것을 아빠의 아들에게 가르쳐 준 것이다. 고수가 시인 관장님에게 새겨 준 기억도 이와 다르지 않았다. 누군가의 현재는 지나온 시간 속에 고여 있는 기억의 흔적이다. 아빠의 흔적이 지금 내게 있고 시인 관장님의 기억이 화단에 있는 것처럼.

끝끝내 고수는 물 한 모금 마시지 않고 탁구장을 떠났다.

윤민수와 나는 음료를 들고 그가 말한 화단 앞 파라솔에 앉아서 격렬했던 좀 전의 경기를 복기했다.

"기가 막히지 않냐?"

"그렇지."

"아까 할 만했냐?"

"그럴 리가."

"너도 나중에 저렇게 될까?"

"모르지."

대답이 짧다.

윤민수는 지금 무슨 생각을 할까?

탁구가 사람과 사람을 이어 주는 매개라니 신기할 따름이다. 탁구는 이십 몇 년 세월을 건너 그와 그를 이어 주었다.

모든 게 그러하지만 무엇인가를 적당히 잘한다는 건 살아가는 데 큰 기쁨을 준다. 그것이 먹고사는 일과 무관하면 더욱 그렇다. 생각해 보니 나는 특별하게 잘하는 게 없다. 공부는 물론이고 배우다 만 피아노가 그렇고, 태권도가 그렇고, 바둑도 그렇다. 자전거는 오래 타는 게 지루하고 게임도 이젠 슬슬 싫증이 나려고 한다. 가상 세계의 권력이 더는 탐나지 않는다. 그런데 윤민수는 좋겠다. 탁구를 잘 쳐서. 시인 관장님은 더 좋겠다. 민수보다 탁구를 더 잘 쳐서. 그런데 이름 없는 고수는 이상하게 좋겠다는 생각이 들지 않는다. 왜일까? 나는 경기 내내 그의 표정에서 즐거움을 보지 못했다. 시인님이나 윤민수는 반짝이는 순간이 있었다. 마음먹은 대로 공이 들어갔을 때 번쩍이는 그 눈빛은 만족감이다. 잠시 고단한 일상을 잊게 해 주는 그 무엇이 눈과 얼굴과 몸짓에 있는데 그는 마치 아무것도 느끼지 못하는 얼굴이었다. 지금 윤민수 생각보다 그 이름 없는 고수의 생각이 더 궁금해진다.

7탁의 현자

일요일 아침이다. 보통은 12시가 넘도록 잠을 자는데 일찍 눈을 떴다.

"웬일이야?"

엄마가 식탁에 앉아서 뭔가를 열심히 읽고 있었다.

"눈이 떠졌어."

"그러니까 무슨 일로 눈이 일찍 떠진 거냐고?"

냉장고에서 물부터 꺼냈다.

"컵."

입으로 들어가려는 물통을 떼고 컵을 찾았다. 번번이 컵보다 물통이 앞선다.

"다 마셨으면 컵은 헹궈서 엎어 놓고."

컵에다 물을 따라 마신 후 수돗물에 헹궈서 싱크대에 엎어 놓고 식탁 의자에 앉았다. 엄마가 보는 책은 요리책이었다.

"다시 시작하게?"

"할 줄 아는 게 이것밖에 없으니까."

"그게 어디야? 엄만 요리하고 플레이팅 할 때가 가장 엄마 같아."

"정말?"

"정말!"

"……."

잠시 말을 잊은 엄마가 피식 하고 웃었다.

"거짓말 아니거든?"

"아니, 그런 뜻이 아니야."

"아니면?"

"가끔 네가 위로가 되는 게 신기해서."

"내 말이 위로가 됐다고? 이상하네."

"뭐가 이상해?"

"내 의도와 다르니까."

"의도가 있다면 위로가 되지 않았을 거야. 목적을 가지고 하는 말은 표가 나거든."

"목적을 가지고 하는 말?"

"수단으로 쓰는 말은 순수하지 못하지."

"그렇다 해도 위로가 될 수는 있잖아? 형식적인 말에 힘이 날 때도 있어. 엄마는 항상 순정부품만 따지니까 그래."

"흠…… 꽤 예리한걸? 공부하라고 닦달하지 않고 죽어라 책을 읽힌 보람이 있네."

"엄마가 읽으라고 해서 읽은 거 아니거든?"

"어쨌든!"

시시한 아침 대화가 오갔다. 이런 대화는 엄마와 나 사이에 흔한 일이다. 나는 흔하지 않은 일상을 만나러 탁구장으로 향했다. 조기 축구도 아닌 조기 탁구라니 해가 서쪽에서 뜰 일이다.

해를 보며 탁구장에 도착했다.

똑! 딱 똑! 딱!

휴일의 이른 아침 어김없이 탁구공 소리가 들렸다.

똑! 딱! 똑! 딱!

누군가를 기다리는 소리 같았다.

똑! 딱! 똑! 딱!

탁구장 끝자리, 7탁에 사람이 있었다. 에어컨 바로 앞이라 회원들이 가장 피하는 테이블이다. 여기에서 늘 한결같이 탁구를 치는 할아버지가 있다.

나는 그 할아버지를 7탁의 현자라 부른다.

이 현자는 아침 일찍 탁구장에 와서 회원 중 누군가가 있다면 포핸드 백핸드 랠리를 해 준다. 어떤 회원에게 양팔 접히는 부분에 긴 봉을 올리고 포핸드를 치게 하는 걸 본 적이 있다. 팔이 내려가거나 불필요한 움직임을 막기 위해서라고 하는데 그 모습이 기괴해서 한참을 구경했었다.

"아무도 없네……."

할아버지는 복진이랑 탁구를 치고 있었고 3탁에는 안연두라는 애와 둥굴레 아줌마가 탁구를 치고 있었다. 그러니까 나와 탁구를 칠 사람이 하나도 없었다.

"사람이 있구먼. 멀쩡하게 있는 사람을 왜 투명인간 취급하는 겨?"

"아, 아니에요……."

당황해서 손을 마구 저었다.

"농담이여, 농담. 여기 와서 한 게임 하시게."

"아니에요, 로봇 칠게요."

"왜 자꾸 아니라는 겨. 어서 와. 기계보단 사람이지."

할아버지가 랠리를 멈추자 복진이가 나를 째려봤다. 마치 훼방꾼을 바라보는 것 같았다.

"괜찮아요."

"조금만 쉬고 있어라."

복진이 7탁 바로 옆에 있는 의자에 털썩 앉았다.

"민수랑 하는 거 쪼까 봤어. 잘하드만."

"잘 못 해요."

"어디 해 봐. 나랑 치믄 바로 판가름이 날 겨."

탁구에서 하수가 거절을 한다는 건 다시는 그 고수와 랠리를 안 하겠다는 뜻이다. 고수와의 랠리는 선택받은 것과 같다. 자세 교정은 물론이고 로봇과는 또 다른 공이 안정되게 오기 때문이다. 그러니까 모든 하수는 고수의 은혜로운 랠리에 감사해야 한다.

나는 엉거주춤 7탁 앞에 섰다. 현자님의 공이 정확하고 안정적으로 내 앞에 떨어진다. 나도 안정적으로 그의 오른쪽 코너에 공을 보낸다.

똑! 딱! 똑! 딱! 똑! 딱! 똑! 딱!

하얀 공이 오간다.

처음 만나는 사이에는 하얀 공이 있다. 2.7그램 탁구공은 그 사이만큼 가벼울 테다.

아무것도 묻지 마시오. 그저 탁구공만 치시오. 당신의 포핸드가 나의 포핸드와 만나 하얗게 날고 있소. 그 사이에 말이 뭐가 필요하오. 말보다 중한 가벼움이 우리 사이를 채우고 있소.

현자의 공은 말이 없었다. 조용했다. '똑딱똑딱' 소리가 넓은 탁구장 안에 울렸다.

그렇게 나는 218개의 공을 한 번도 쉬지 않고 랠리로 주고받았다. 최고 기록이었다. 누구와도 200개가 넘는 공을 랠리로 주고받은 적은 없었다. 길게 해 봐야 100개 정도였고 이 숫자도 내게는 기특한 개수였다.

7탁의 현자와 30분 넘게 랠리를 했다. 이마와 등줄기에서 땀이 흘렀다. 어깨가 뻐근했지만 묘한 쾌감이 일었다.

"잘허는구먼."

"진짜요?"

"민수가 잘 가르쳤어."

"윤민수요? 저도 민수예요. 고민수."

"크크크!"

앉아 있는 복진이가 웃었다.

"네 이름도 웃기거든!"

"치!"

"왜들 그려. 오빠헌티 공손해야지. 이번에는 복진이랑 랠리를 해 보시게."

"쟤랑요?"

"싫어요!"

동시에 복진이와 내가 대꾸했다.

"왜 싫어? 랠리를 하면 상대를 가까이 느낄 수 있어. 까닭없이 오해하지 말고 랠리를 해 보면 내가 이 사람이랑 잘 맞는지 안 맞는지 알 수 있지."

"아, 맞는 것 같아요."

실제로 랠리를 하다 보면 잘 맞는 사람이 있고 잘 맞지 않는 사람이 있다. 랠리를 잘해 주는 데도 재미가 없는 사람이 있으니 바로 대식 씨가 그런 사람이었다. 공보다 말이 많고 참견은 더 많은 대식 씨는 일명 투덜이다. 그래도 탁구를 잘 치니까 용서가 된다.

나보다 몇 살 어린 복진이와 나는 랠리를 했다. 생각보다 재미난 상대였다. 복진이는 꽤 탁구를 잘 친다. 7부 정도라고 하는데, 장애가 살짝 있다는 얘기를 누구한테 들었다. 아무리 봐도 난 그 장애를 잘 모르겠는데 그렇다고 하니 그러려니 했다.

복진이는 장애인 대회에서 상을 휩쓸고 있다. 대회를 앞두면 탁구장의 고수님들이 앞다퉈 탁구를 쳐 준다. 그중 7탁의 현자와 쌍둥이 아저씨 중 형인 기철 아저씨가 가장 많이 쳐 준다. 가끔 그런 복진이가 부러웠다. 너도나도 쳐 주니 선택받은 아이다.

복진이도 나와 하는 랠리가 싫지 않은지 처음처럼 투덜대지 않았다. 복진이와 거의 100번이 넘는 랠리가 오갈 무렵 윤민수가 탁구장 안으로 들어왔다.

"오빠아!"

복진이가 탁구채를 냉큼 던지고는 윤민수를 향해 달려갔다. 한참 랠리에 중독처럼 빠져들고 있던 나는 길 잃은 양처럼 허둥대다 녀석들을 멍하니 바라보았다.

"오늘은 어쩐 일이여? 약속하고 온 거여?"

현자의 말에 윤민수가 나를 보더니 고개를 흔들었다.

"아니요."

"우연이면 더 좋은 신호지. 우연도 세 번이면 필연이 되니께."

현자는 아침 겸 점심을 먹겠다고 하면서 탁구장 밖으로

사라졌다. 집이 탁구장과 꽤 가까운 모양이었다.

"오빠 나랑 랠리 하자."

복진이가 윤민수에게 엉겨 붙었다.

"나 서브 연습해야 해."

쌀쌀맞은 민수 녀석은 둥글레 아줌마와 안연두를 쓱 한번 쳐다보다 레슨실로 향했다. 역시 복진일지라도 예외가 아니었다. 장애인이라고 더 친절하거나 관심을 보이는 일은 없다. 녀석의 세계는 견고했다.

"오빠가 해 줄게."

복진이와의 랠리가 싫지 않았던 내가 끼어들었다.

"너랑은 싫어!"

어이가 없다.

"야, 쟤는 왜 오빠고 나는 너냐? 윤민수랑 나랑 동갑이거든!"

복진이 이 녀석 잠시 주저하다 이렇게 대답했다.

"……음, 너는 탁구를 못 치잖아."

기가 막히고 코가 막힐 일이다. 그러니까 복진이에게 세상은 탁구를 잘 치는 '오빠'와 탁구를 못 치는 '너'가 있을 뿐이다.

세상은 성적순이고 복진이의 세상도 마찬가지였다. 그 치사한 세상에 구걸하기가 구차해서 탁구장 밖 파라솔에 나와 앉았다. 그렇게 잠시 앉아 있는데 절대로 따라 나오지 않을 것 같던 복진이가 따라 나왔다.

"왜? 윤민수 오빠가 탁구 안 쳐 주냐?"

"응."

"너 몇 살이냐?"

"중1."

"오, 중1치고 꽤 크네."

"나 독일식 탁구 친다."

"그거 자랑인 거지?"

복진이가 고개를 끄덕인다.

"독일식 탁구는 뭐가 다른데?"

"할아버지가 봉 끼우고 가르쳐 주는 거, 독일 애들은 그렇게 한대."

"아, 그거? 나도 봤다. 그게 너였구나?"

녀석이 점점 신이 난다.

"나는 티모볼이나 옵차로프 같은 선수가 될 거야."

"누구? 티모…… 누구?"

"티모볼, 옵차로프 몰라?"

"몰라."

"치, 그렇게 유명한 선수를 몰라? 티모몰, 옵차로프를 모르다니 어이가 없네."

녀석의 반응이 귀여워 더 모른 척했다. 아니, 진짜 모르기도 했다.

"누군지 네가 가르쳐 주면 되잖아."

"진짜? 잘 들어."

"응."

녀석의 볼이 발그레했다.

"스웨덴 출신 발트너라는 선수는 그랜드슬램을 최초로 달성한 선수고 옵차로프는 강력한 초스핀으로 변화무쌍한 서브를 넣어. 특히 백핸드 서브는 엄청나게 멋있어. 너도 한번 보면 홀딱 반할 거야."

"윤민수보다 더 멋있어?"

"음…… 그건 몰라……."

녀석의 머릿속이 복잡해진다.

"알았어, 알았어. 계속해 봐."

"요즘은 켄타 선수의 토마호크 서브를 연습 중이야. 옵차로프 선수도 토마호크 서브를 꽤 잘하는데 켄타 선수가 최고지."

어려운 선수 이름을 줄줄이 꿰다니 대단한 아이다.

"토마호크 서브가 왜 좋은데?"

"우리는 도끼 서브라고 하는데 회전량이 엄청 많아서 상대가 잘 못 받거든. 이번 대회에 나가서 토마호크 서브로 다 날려 버릴 거야."

"너 멋지구나?"

"ㅎㅎㅎ. 나 탁구 잘 쳐."

"그런 것 같더라."

"진짜 잘 쳐."

"알아."

"탁구 잘 쳐서 무시 안 해."

"누가 너 무시해?"

"탁구 못 칠 때 애들이 무시했어."

"그건 너도 마찬가지잖아?"

"내가?"

"탁구 못 쳐서 오빠라고 안 부르잖아?"

"음…… 오빠라고 부를게. 오빠, 내가 탁구 쳐 줄까?"

"그럴래?"

"응!"

복진이가 발칙하게 자리에서 일어섰다. 녀석의 포니테일 머리가 경쾌하게 흔들렸다.

7탁의 현자님이 데리고 온 복진이는 어디서 어떻게 만나 여기까지 흘러왔는지 모른다. 그렇게 7탁에 모인 사람이 네댓 된다. 이제 오빠라고 부르는 복진이, 2년씩이나 탁구를 쳤는데도 치는 게 아니라 밀기만 하는 어떤 누나, 이제 막 탁구를 시작한 내성적인 아저씨, 허릿살이 어마무시한 둥굴레 아줌마, 이름만 아는 안연두, 이들은 현자님의 탁구대에서 세상을 만난다. 복진이는 자신감을, 아저씨는 이제 얼굴을 덜 붉히고, 밀어치기 누나는 오늘도 봉을 팔에 감고 포핸드를 친다. 어마무시한 허릿살이 그래도 빠진 거라며 호탕하게 웃는 아줌마는 미소가 찬란하다.

　현자를 만난 이들은 승부 때문에 탁구장에 오는 게 아니다. 모든 게임에 승부만 존재한다면 그처럼 시시한 일은 없다. 사는 것에 승부만 있다면 나 같은 잉여 인간은 설 자리가 없다. 가끔 누구나 쉬어 갈 곳이 필요했다. 현자는 그런 자리를 만들었다. 7탁, 에어컨 바람에 흔들리는 탁구공도 누군가에게는 필요한 공이다.

　똑딱! 똑딱!
　똑딱! 똑딱!

탁구장에 복진이 윤민수, 내가 치는 탁구공 소리가 울리고 있다. 천장이 높아 그 소리가 메아리처럼 퍼진다.

당신은 무례합니다

엄마가 티브이에 나온다고 난리다. 아침 프로에 음식을 차려놓고 설명하는 프로라는데 하호 녀석이랑 약속이 있어 나중에 짤로 보기로 했다.

"오늘 나오는 음식이 뭔데?"

조금은 알은체를 해야 할 것 같았다.

"블랙 푸드."

"블랙 푸드?"

"식재료가 검은 걸 말해. 가지, 김, 오징어 먹물이나 캐비아 같은 블랙 푸드는 항산화, 항암, 항궤양에 좋은 재료거든."

"그걸로 뭘 만든 건데?"

"오징어 먹물로 밥을 지었어. 그리고 가지를 버터에 구운

다음 김으로 말아서 캐비아를 올리고……."

"맛있겠네."

이쯤에서 말을 잘라야 한다. 엄마의 설명이 길어지면 3박 4일이 걸릴지 모른다.

"나갈 거야?"

이제야 내가 운동복 입은 걸 본 것 같았다.

"응."

"누구 만나는데?"

"하호."

"같이 탁구장 가려고?"

"아니…… 하호는 탁구에 관심 없어."

"왜?"

"탁구가 원래 복잡하거든. 하호 녀석은 당연히 재미없지. 조그만 테이블 앞에서 움직이는 거라 답답하대. 드라마틱한 탁구의 매력을 몰라서 그러는 거지. 사람을 당기는 묘한 게 있거든. 오로지 공만 보는 게임이 아니야. 상대를 알아야 하는데 누군가 알고 싶다면 탁구를 치면 돼. 하호는 아직 그 깊은 맛을 몰라."

"오호, 그래? 아빠 오면 같이 탁구를 쳐야겠네. 아빠를 잘 안다고 생각했는데 이제는 잘 모르겠거든."

"10년 연애하고 17년 살았는데 아빠를 몰라?"

"모르겠어. 너무 다른 곳에 아빠가 있는 것 같아서 살짝 불안해."

"엄마……?"

"응?"

"아빠를 믿어 봐. 엄마가 알았던 아빠 맞아. 아빠는 항상 그대로야. 단지 주변이 달라져서 엄마가 헷갈리는 거야."

"……네가 그걸 어떻게 알아?"

"내가 아는 애가 꼭 그래."

하호가 공부를 한다고 해서 달라진 건 없었다. 여전히 하호는 형 같기도 동생 같기도 하다. 그럼 뭐가 달라졌을까? 변한 건 우리가 내년이면 고등학교에 가야 한다는 거, 열여섯이라는, 정체를 알 수 없는 나이가 되었다는 것이다. 몸은 어른인데 정신은 어른과 아이의 어느 경계에 있다는 것은 참으로 기괴한 일이다. 우리는 스스로 어른이라고 생각하지만 가만히 들여다보면 아이 같은 나를 만나기도 한다. 그럴 때마다 오는 무력함이나 나약함을 숨기기 위해서 참 많이 애써야 하는 게 힘이 든다. 누구에게 힘들다고 말해야 할까? 친구 사이에 그런 고백을 한다면 필시 미친놈 소리가 따라올 것이다. 그저 우리가 할 수 있는 것은 센 척, 모르는 척, 무심한 척이 나를 지키는 가장 쉬운 수단일 테다.

그렇게 나는 무심함을 얼굴에 쓰고 하호를 만나기 위해 학원으로 향했다. 녀석이 미리 나와 학원 밑에서 서성이고 있었다.

"왜 벌써 나와 있냐?"

녀석이 반투명 유리창에 비친 자신의 모습을 연신 바라보았다.

"그냥."

"재미없지? 심심하잖아. 그러게 왜 공부 같은 걸 해서 이 고생이냐?"

"그러게."

"나처럼 맘 편하게 먹으면 살기 쉽잖아? 고생을 일부러 하다니 너도 참 답이 없다."

"인정."

"뭐냐?"

"뭐가?"

"대화가 이상하잖아."

나는 하호를 째려봤다. 그러자 유리에 비친 자기 모습을 보던 녀석이 동작을 멈췄다.

"얘 봐라."

"누구?"

"유리에 비친 재 말이야."

유리창엔 하호가 있었다.

"너 말이야?"

"응."

"재가 왜?"

"나 맞지?"

"웬 뚱딴지같은 소리냐? 뭔 일 있어? 공부가 힘들어? 힘들 겠지. 그 정도는 각오했잖아."

"나 처음으로 엄마를 원망한다."

"엄마 의지가 아니라며?"

"아예 유치원 때부터 공부를 시켰으면 이렇게 생고생을 안 해도 되잖아."

"아…… 난 또…….."

"여기 오니까 내가 멍청이 중에 똥멍청이더라."

"그렇게까지 자책을 하냐? 여태 공부라는 걸 안 해 봤으니까 그렇지."

"그러니까 때려서라도 공부를 시켰어야지."

"와, 한하호, 진짜 변했네."

"변한 거 없거든. 여전히 꼴찌고 여전히 멍청이야."

"그러지 마라. 앞으로 꼴찌가 될 나는 뭐가 되냐."

녀석이 날 바라보았다.

"고민수!"

"왜?"

"너도 공부해라. 우리 같이 대학 가자."

"대학 간다니까."

"그 성적으로?"

"기술이 있으면 대학도 갈 수 있는 세상이라고. 아니다, 대학 안 가도 상관없다."

"대학 안 가면 뭐 하려고?"

"돈 벌지."

"너 이사한 것 때문에 그래?"

"뭐?"

"이사한 거 말도 안 하고 섭섭하더라."

"아…… 알고 있었냐?"

"그럼 모르냐? 맨날 붙어 다니는데?"

"그렇구나…… 그것 때문에 그런 건 아니야. 나, 공부 싫어하잖아. 대학까지 가서 하고 싶은 공부도 없고."

"그건 그렇지."

"이사한 거 말 안 해서……."

"별일 아니더라. 멀리 간 것도 아니잖아. 말도 없이 전학 갔으면 넌 죽었어."

"다행이네."

"진짜 그러려고 했냐?"

녀석이 버럭 소리를 질렀다.

"아니, 그건 아니고."

"뭘 아냐? 세상 믿을 놈 없네. 너 그거 배신이다, 알지?"

"알았어, 알았다고."

"나 들어가 봐야 해."

"벌써?"

하호가 고개를 끄덕였다.

녀석이 학원 안으로 들어가자 세상에 아는 놈이 하나도 없는 것처럼 쓸쓸했다. 왜 하호는 공부를 한다고 지랄을 떠는지 모르겠다. 세상에 혼자 남기 싫은데. 세상을 혼자 바라보는 것도 무서운데. 어차피 세상은 혼자이던가?

탁구장에 도착하니 윤민수도 복진이도 7탁의 현자님도 없었다. 대식 씨랑 그 일행들이 복식과 단식을 교대로 치고 있었는데 그 무리는 나 같은 하수는 아예 끼워 주지 않는다. 나는 눈인사만 하고는 로봇을 만나러 레슨실로 향했다.

오늘은 본격적으로 커트와 백만 연습하기로 했다. 하수들 게임에서는 커트가 80퍼센트다. 커트만 잘해도 반은 먹고 들어가는 셈이다.

백과 커트는 내 일상처럼 심심했다. 누군가의 백이 자신을 돌아보는 거라면 누군가의 커트는 잠시 멈춤일지도 모르겠다. 날아오는 공을 자르듯 짧게 찍어 낸다면 공은 가볍게 상대의 테이블에 떨어진다. 고수에게 커트는 쉬어 가는 공 혹은 백 드라이브로 시원하게 날릴 절호의 찬스가 되겠다. 누군가의 멈춤이 누군가에게는 기회가 되듯이. 아빠의 커트가 누군가에게 기회가 되었을지도 모르겠다. 아빠의 선의, 친절함, 성실함을 배반한 그 누군가는 지금 기회를 잡았을까? 종종 직장 내 따돌림을 포털 뉴스에서 듣곤 했지만 그게 아빠의 일이 될 거라고는 생각지 못했다.

"무례한 사람이야."

한 번도 남을 평가하거나 비하하지 않았던 아빠의 말이어서 지나칠 수 없었다.

"그래, 무시해."

엄마의 시크함이 위로가 되진 않았을 거다.

"그래서 화가 나. 화가 나는 나 자신에게 또 화가 나고. 자꾸만 화가 나."

"당연하지. 당신은 구도자가 아니야. 화가 나면 화를 내. 결과 같은 건 생각하지 말고."

"결과 때문에 이러는 거 아니야. 내가 화를 낸다면 폭력에 굴복하는 거야. 그게 싫을 뿐이야."

무례함에 대한 아빠의 감정은 윤민수와 닮았다. 마침 당번이라서 청소 상태를 검사받기 위해 나는 교무실 그 현장에 있었다.

휴지통에 처박힌 에세이를 기어코 찾아낸 윤민수가 사회 샘 앞에 서 있었다. 길길이 날뛰는 사회샘을 가만히 응시하는 윤민수는 무슨 생각으로 찾아온 걸까? 얼마쯤 시간이 지났을까, 자신의 화를 모두에게 들킨 걸 나중에서야 안 사회 샘은 이제 윤민수를 조롱하기 시작했다.

"네 에세이는 형편없어. 인터넷 여기저기서 베낀 그런 자료를 조별 과제보다 잘했다고 제출한 거야? 그런 베끼기를 내가 모를 줄 알았어?"

"선생님, 어디에서 베꼈다는 건지 출처를 알려주세요. 인터넷에 뜬 자료를 참고는 했지만 베끼거나 표절하지는 않았어요. 그리고 참고했다고 표기도 빼놓지 않고 했습니다."

"그게 바로 증거야. 네 표기 말이야. 대놓고 베꼈다는 걸 인정한 셈이지."

"김인표 선생님……."

"어라, 이제 이름을 불러?"

"선입견을 버리시고 다시 한번 제 에세이를 읽어 주세요. 저는 저와 1인 가구의 미래가 정말 궁금해서 한 숙제입니다. 혼자 살다 고독사하신 할아버지가 그랬고 혼자 사는 주변 사람들의 미래도 그럴 것 같고, 저도 예외가 아닐 수 있다는 생각에 관심을 가진 숙제입니다. 제가 선생님한테 무례를 범했다면 죄송합니다. 다만 에세이는 냉정하게 판단해 주세요."

"뭐! 내가 냉정하게 판단하지 않았다는 거야? 보자보자 하니까 너 정말 안 되겠구나?"

"……."

"째려봐? 그래도 점수는 변하지 않아."

사회샘이 의자를 돌려 녀석의 시선을 피했다. 몇 분이 지났다. 교무실 전체가 고요했다. 담임은 내게 빨리 나가라고 손짓하더니 엉거주춤 자리에서 일어서고 있었다. 명색이 윤민수의 담임이고 어쨌든 이 위기의 순간에서 민수든 사회샘이든 구해 내야 한다는 생각을 뒤늦게 한 것 같았다.

그때였다. 윤민수가 작은 소리였지만 누구에게나 들리게 말한 것은.

"무례하시군요."

"뭐라고?"

사회샘이 벌떡 일어섰다. 의자가 뒤로 밀려났다.

"자자자, 왜 이러십니까? 윤민수 너 빨리 교실로 돌아가!"

"박 샘, 들으셨죠? 저 새끼 하는 소리?"

"아, 김 선생님 진정하세요. 아무리 그래도 학생한테 새끼라니…… 너도 얼른 선생님한테 사과해!"

순간 내가 왜 그랬는지 모르겠다. 원래 넉살이 좋은 것도 오지랖이 넓은 것도 아닌데 나는 윤민수 어깨를 잡았다.

"선생님, 죄송합니다! 이 새끼가 아까 저랑 좀 다퉜거든요. 정말 죄송합니다. 제가 데리고 나가서 단단히 교육할게요."

그러자 담임이 내게 무언의 신호를 마구 보냈다. 빨리 데리고 나가라는 신호였다. 나는 윤민수 어깨를 잡고는 반강제로 교무실을 나왔다. 최대한 멀리 가려고 교실이 아닌 건물 뒤쪽 재활용장으로 녀석을 끌고 갔다.

"너 왜 이러냐? 정신 차려!"

"난 정신 차리고 있어. 웬 참견이야?"

"사회샘한테 따져서 네가 얻을 게 뭔데? 이길 수 있어? 네가 선생을 이길 수 있냐고? 어차피 지는 싸움이야."

"어차피……?"

"그래."

"어차피 지는 거 말은 해 봐야 하는 거 아니야?"

"어차피 지는 거 말은 해서 뭐 하게?"

"그래야 자기가 얼마나 무례한지 알지."

"고작 그거 알려 주려고?"

"……."

녀석이 떨고 있었다. 우린 고작 열여섯 살이었다. 아무리 센 척해도 그들을 이길 수 없다는 본능적 허약함을 알고 있다. 때론 그 허약함을 감추기 위해서 과한 행동으로 거친 언어로 포장해야만 하는, 그래야 우리의 나약함을 들키지 않을 수 있다는 강박이 있다. 그것은 매우 부실한 무기와도 같다. 몸과 정신이 불완전한 존재, 그 존재의 불안함을, 허약한 무기를, 그들은 정확하게 알고 공격한다. 자기가 작성한 에세이를 꼭 쥐고 떨고 있는 윤민수의 무기도 예외는 아니었다.

그 후 윤민수는 조용했다. 어디에도 그 존재를 들키고 싶지 않아서 숨조차 숨어서 쉬는 것 같았다. 아빠가 숨을 쉬기 위해서 멀리 숨은 것처럼.

핑퐁 핑그르르르

엄마의 출연 분량은 무작위로 편집되었다. 정성껏 플레이팅한 엄마의 음식은 등장한 패널들에게 습격당하듯 처참하게 망가지고 자칭 유명하다는 의사의 말이 주옥같은 명언인양 화면 가득 자막으로 떠올랐다. 음식에 관한 의학 지식 정도? 아니다, 그건 지식이 아니라 인터넷 몇 번만 클릭해도 나오는 정보에 불과했다. 블랙 푸드에 대한 이해 없이 시청자들이 열광할 만한 짜깁기 정보를 주며 호들갑을 떨었다. 이를테면 암에서 해방되고 건강한 위와 늙지 않을 음식이라며 야단스럽게 시식하는 장면 말이다.

엄마가 새벽 꽃시장까지 가서 산 보라색 캄파눌라로 장식한 독일 드레스덴 웨스트우드 투각 접시는 화면에 비치지도 않았다.

"엄마, 괜찮아?"

엄마는 불 꺼진 주방 식탁 의자에 앉아 있었다.

"괜찮아. 밥 줄까?"

"배 안 고파."

"캐비아 남았어."

"난 별루야."

"30만 원짜리 벨루가 캐비아야. 남은 거 싸 가지고 왔는데
잘했지?"

"잘했네. 거기 사람들 진짜 무례하더라. 음식에 대한 예의
가 없어."

"어머! 너도 그렇게 생각했어? 나도 그렇게 생각했는데."

"딱 보니까 알겠던데."

"그렇지? 내 음식을 먹을 자격이 없어. 차라리 너한테 주
는 게 낫다니까."

"그거 욕 아니지?"

"밥 먹자."

엄마가 불을 켰다. 엄마의 주방이 환하게 밝아졌다. 엄마
가 냉장고 깊숙이 넣어둔 캐비아를 꺼낸다. 빛이 너무 강한
지 엄마의 눈이 촉촉하다. 나는 진짜 상어알인지 모를 30만

원짜리 캐비아를 예의 있게 먹을 참이다.

다음 날, 하호에게 문자가 왔다. 학원에 있을 녀석이 웬 문자질이냐고 투덜대며 확인했다.

어디?

탁구장 앞

ㅇㅋ

싱거운 녀석이라고 생각하고 있는데 체육복으로 갈아입고 나와 보니 녀석이 있었다.

"야, 뭐야?"

"너 보러 왔지."

"학원은?"

"잠시 멈춤."

녀석은 난생처음으로 탁구를 친다며 야단스럽게 호들갑을 떨었다. 그 호들갑이 어찌나 야단스러운지 몇몇 사람이 쳐다봤다.

"민수 친구구나."

대식 씨가 알은체했다. 마치 내가 처음 왔던 그날처럼.

나와 하호는 비어 있는 5탁 앞에 마주 섰다. 탁구장에 비치된 탁구채를 들고 멍 때리는 녀석에게 하얀 탁구공을 서브했다. 그러자 녀석이 탁구채를 휘두르며 내 쪽으로 안전하게 넘겼다.

"해 봤어?"

"사실은 아빠랑 어렸을 때 여기 온 적 있어."

"진짜?"

"응."

"어릴 때 언제?"

녀석의 어릴 때를 낱낱이 기억하는 나로서는 처음 듣는 말이었다.

"초등학교 땐가? 하여튼 겨울 방학에 왔었어."

하호 아빠는 엄청나게 뚱뚱하다. 0.1톤, 그러니까 100킬로그램 넘는 거구다. 그런 거대한 몸이 탁구를 친다고 생각하니까 잘 상상이 가지 않았지만 녀석은 제법 공을 넘길 줄 알았다. 알든 모르든 서브라는 것도 할 줄 알았고 손목을 틀어 커트도 받아냈다.

"오, 고민수보다 잘하는데?"

대식 씨가 끼어들었다.

"그럴 리가요? 이래봬도 세 달이나 쳤거든요!"

"그러니까 신기해서 그래. 원래 어렸을 때 배운 게 더 무서운 법이거든. 둘이 단식 한번 쳐 봐."

"싫어요. 하수랑 무슨 게임을 해요."

대식 씨가 대놓고 웃었다. 하수가 하수라고 하니까 웃음이 터진 거다. 매우 기분이 나빴지만 무시하기로 했다.

"내가 볼 땐 비슷비슷한데?"

"하자! 하자! 게임 하자!"

녀석이 들이대니까 더 하기 싫었다. 져도 이겨도 얻을 게 없는 게임이다. 이기면 석 달이나 배운 놈이 이기는 건 당연한 거다. 진다면 망신도 그런 망신이 없을 것이다.

내가 아무 말도 하지 않자 대식 씨가 이어서 말했다.

"차라리 지금 하는 게 나아. 저러다 친구가 탁구 한 달 배우고 이겨 버리면 더 창피하거든. 지금은 봐 줬다고 퉁 칠 수 있어."

생각해 보니 틀린 말은 아닌 것 같았다. 하호는 뭐가 마음에 안 드는지 연신 샐쭉거린다.

"야, 그냥 쳐! 고민수, 생각 많아졌다. 내가 생각 같은 거 하지 말라고 했지?"

녀석이 돌아왔다. 내가 아는 그 한하호, 그런데 요즘 생각이 많아 보이는 건 정작 녀석이다. 그래도 난 생각하지 말라고 하지 않는다. 하호는 생각 좀 하고 살아야 하는 녀석이니까.

하호와 탁구대를 두고 마주 보았다. 대식 씨가 점수판 앞에 앉았다. 하수끼리 하는 게임은 처음이다. 이곳 명지탁구장에는 몇몇 하수들이 있지만 나랑은 탁구를 안 친다. 왜냐하면 내 옆에는 윤민수가 있고 혼자일 때마다 탁구를 쳐주는 7탁의 현자님과 복진이, 게다가 시인 관장님도 탁구를 쳐준다. 왜 그런지는 모르겠지만 하수들이 날 피하는 게 느껴진다. 언젠가 윤민수에게 물었더니 내가 사파라서 그렇다고 했다. 사파란 못 배운 탁구를 말한다. 선수 출신 코치님한테 배운 탁구는 정파. 돈 들인 탁구인데 정확한 자세로 포핸드 백핸드를 구사한다. 나 같이 이 사람 저 사람한테 배운 애들은 어딘지 모르게 이상한 타법을 쓰는데 포핸드 백핸드가 배운 대로 오지 않으니까 하수들에게는 어려운 랠리 상대다. 이게 바로 사파다. 사파야말로 진정한 생활 체육이라 할 수 있겠다.

드디어 하호에게 짧은 커트로 서브를 넣었다. 녀석도 커트로 받아 냈지만 네트에 딱 걸렸다. 내가 크게 웃자 녀석도 호탕하게 웃었다. 두 번째 공은 약간 회전이 있는 커트로 서브를 넣었다. 이게 바로 나의 비장한 무기다. 한 달 동안 유튜브를 눈에서 피가 날 정도로 보았고 레슨실에서 연습한 서브다.

분명히 못 받아야 하는 서브인데 쉽게, 매우 쉽게 공을 넘긴다. 믿을 수가 없다.

"어떻게 받았어?"

"몰라. 그냥 받았어."

녀석의 대답이 못마땅하다.

"회전이 약해서 친구가 받은 거야."

대식 씨가 끼어들었다.

이번에는 너클 서브다. 이건 정말 못 받을 것이다. 물론 잘하는 서브는 아니다. 너클 서브를 윤민수가 넣기에 몇 번 따라 해 봤다. 탁구에 '탁' 자도 모르는 녀석이 이런 고급 서브를 봤을 리 만무하다.

너클 서브를 넣자 녀석의 손등에 공이 맞았는지 이상한 포물선을 그리며 공이 내게로 넘어왔다. 정체불명의 그 공은 받지 못했다.

"너 손에 맞았지? 손에 맞으면 무효야!"

"그런 게 어딨어?"

"그런 게 어딨긴? 탁구공이 탁구채에 맞아야지 손등 맞고 넘어오는 게 말이 되냐?"

"어쨌든 넘어갔잖아."

"그럼 탁구공을 손으로 잡고 넘기면 이기게?"

"그, 그런가……."

그때 대식 씨가 또 끼어들었다.

"손등에 맞았어도 점수로 인정 돼."

"네? 뭐라고요?"

"정말요?"

하호와 내가 동시에 외쳤다.

"라켓을 잡은 손은 라켓과 손목까지 라켓의 일부로 보기 때문에 점수로 인정되는 거야."

라켓 잡은 손을 라켓으로 인정하다니 어이가 없었다. 게임이고 뭐고 다 때려치우고 싶다. 아무래도 대식 씨는 내 편이 아닌 것 같다.

반드시 승부를 내야 한다. 다시는 까불지 못하도록 코를 납작하게 만들 것이다. 나는 독기 어린 눈으로 녀석의 라켓을 째려봤다. 1세트는 9대8로 내가 이기고 있다. 점수를 지키려면 정신을 바짝 차려야 한다. 그런데 대식 씨가 잠깐 전화를 받은 사이에 일이 꼬였다. 두 개씩 번갈아 넣어야 하는 서브를 녀석이 세 개 연속 넣은 것 같다. 내 서브 하나를 가로 챈 것이다.

"이번에는 내가 서브를 세 개 넣을래."

"왜?"

"방금 내가 서브 넣을 차례인데 네가 넣었잖아."

"내가 언제?"

녀석이 시치미를 뗐다.

"지금 넣은 게 세 개째거든."

"네 서브를 네가 알아서 가져가야지. 내가 어떻게 아냐?"

"이제 알았으니까 나한테 서브 하나를 더 주면 되지?"

"싫은데? 국제 경기도 그렇게 하냐?"

"뭐라고?"

"국제 경기에서도 그렇게 하냐고?"

"지금 국가 대항전이냐? 뭔 소리야?"

"모든 룰의 규칙은 국제전이 기본이거든. 하물며 컴퓨터 게임도 그렇거든."

"웃기고 있네!"

"하나도 안 웃기거든."

"나 안 해!"

"나도 안 해."

우리는 누가 뒤질세라 탁구채를 테이블에 던져 놓고는 파라솔이 있는 곳으로 나가 버렸다.

하호와 나는 탁구가 아닌 입으로 게임을 하고 있었다. 처음에는 의식하지 못했는데 다들 우리만 지켜보고 있었다. 여태까지 쌓아 올린 나의 품격과 위상, 개진지로 애써 만들어 놓은 이미지까지 송두리째 날아가 버렸다. 한하호가 나의 나라에 침범한 거대한 앨리스가 되어 여왕의 자리를 뒤흔든 셈이다.

우리는 파라솔의 이 끝과 저 끝에 앉아서 한마디도 하지 않았다. 서로 다른 곳을 보며 분을 삭이고 있었다.

"싸웠냐?"

언제 왔는지 윤민수가 마당에 들어섰다.

"아니거든."

대번에 이 상황을 파악한 윤민수도 얄미웠다.

"싸웠네."

"아니라니까!"

내가 소리치자 하호가 윤민수에게 물었다.

"손등에 맞은 거 점수로 인정되나?"

"응."

"서브 순서 엉키면 어떻게 하나?"

"잘못된 건 잘못된 것대로 두고, 잘못을 안 순간부터 제대로 하면 돼."

"맞네, 맞아!"

하호 녀석이 소리쳤다.

"근데 누가 심판 봤는데?"

"······대식 아저씨."

"아저씨가 잘못했네. 서브 순서나 점수를 잘 관리해야지. 그거 너희들 탓 아니야. 들어가서 게임 하자. 내가 심판 볼게."

이게 무슨 일인지 모르겠다. 이렇게 친절한 친구였나? 어제의 윤민수가 맞는지 의심이 든다. 저 껍데기 안에 진짜 윤민수가 숨어 있다면 영원히 나오지 않아도 좋을 것 같다.

어쨌든 갑자기 친절해진 윤민수 덕분에 하호와 나는 눈을 몇 번 마주치고 탁구장 안으로 들어갔다. 의외의 윤민수에 하호도 적잖이 놀란 눈치였다.

하호와 나의 게임은 세트 스코어 3대0으로 내가 이겼다. 일방적인 숫자 같지만 아슬아슬한 경기였다. 녀석은 한 세트도 쉽게 내주지 않았다. 녀석이 하도 악착같이 치는 바람에 11대9, 11대7, 마지막 세트는 듀스까지 갔다가 14대12로 간신히 이겼다. 다시는 하호와 게임을 하지 않겠다고 속으로 다짐했다. 질지도 모를 다음 경기는 없어야 하니까.

나와 한하호, 윤민수는 미친 듯이 탁구를 쳤다. 윤민수 혼자, 우리 둘이 한 팀이 되어서 게임을 했다. 물론 어설픈 하수 두 마리가 고수 포식자에게 덤빈다고 이길 턱이 없지만 내내 즐거웠다. 어떻게 시간이 지나갔는지 모를 정도로 신이 났다.

우리는 내리 6시간 동안 탁구를 치고 더는 배가 고파 못 견딜 때쯤 탁구장을 나왔다.

중국집에 들어간 우리는 짜장면 곱빼기를 시켰다.

"다 못 먹으면 미리 덜어라."

"너나 그러든지."

초딩 같은 우리 대화에 윤민수가 피식 하고 웃었다. 뭣 때문인지는 몰라도 약간 부끄러웠다.

"참, 한하호 너, 학원은 어쩌고 왔냐? 진짜 땡땡이 친 거야?"

"쉬어 갈 때야."

"얼마나 했다고 벌써 땡땡이야. 칼을 뺐으면 뭐라도 잘라야지."

짜장면이 나왔다. 주인이 테이블 위에 그릇을 내려놓기 무섭게 셋은 짜장면을 전투적으로 비비기 시작했다.

후루룩 후루룩!

대답 대신 면발 흡입하는 소리가 우리 사이를 채웠다. 어찌어찌 짜장면이 줄어들 때쯤 하다 만 이야기를 이어갔다.

"공부는 할 만해?"

정말 물어보고 싶은 거였다. 꼴등에게 공부란 루비콘강보다 더 넓은 강이다. 죽어야만 건널 수 있는 강 같은 거 말이다.

"……"

녀석이 말이 없다. 젓가락질도 현저하게 느려졌다.

"힘든가 보구나? 그러니까 하지 말라니까……"

"그만해."

"알았어. 그만할게. 하여튼 그놈의 대학이 뭐라고."

"그만하라고!"

녀석이 젓가락을 테이블 위에 딱 소리가 나게 내려놓았다.

"다들 왜 이래? 짜장면이나 다 먹고 얘기하자."

윤민수가 끼어들었지만 하호의 반응은 더 날카로워졌다.

"그래서 그만하라니까, 우 씨!"

녀석이 가방을 챙겨 그대로 나가 버렸다. 먹다 만 짜장면이 불고 있었다. 나는 잽싸게 하호 녀석을 따라 나갔다. 큰 실수를 한 것 같아서 당장 빌지 않으면 녀석을 영영 잃을지도 모르겠다.

"야, 미안해!"

저만치 걸어가는 녀석의 뒤통수에 대고 크게 소리쳤다.

"한하호, 미안하다고!"

녀석이 걸음을 멈췄다. 뛰어서 곁으로 다가갔다. 하호는 울고 있었다. 다 큰 애가 어깨를 떨구고 고개를 숙인 채 훌쩍였다. 처음 보는 모습에 나는 너무 당황하고 말았다.

"야아…… 진짜 미안해……."

어떤 말로도 수습이 안 됐다.

"너 때문에 이러는 거 아니야……."

"근데 왜 울어…… 놀랐잖아. 나 심장 뛴다. 이거 봐 봐."

이 상황을 어떻게든 넘겨보려고 옷 속으로 손까지 집어넣고 심장이 뛰는 시늉을 했다. 녀석은 웃지 않았다.

무엇이 녀석을 이렇게 슬프게 한 걸까? 내 말은 그저 도화선에 불과하다는 걸 안다. 아무래도 그놈의 공부가 원인일 듯하다. 공부라는 게 금방 재미가 붙고 실력이 느는 건 아닐 테다. 끈기 있게 엉덩이를 붙이고 앉아 있는 시간과의 싸움에서 이긴 자만이 맛볼 수 있는 쓰디쓴 열매다.

"아, 쪽팔려……."

"야아……."

"아무리 해도 안 돼."

"고작 3개월 하고 뭔 소리야. 남들은 16년 했거든? 엄마 배 속에서 나올 때부터 '하이 맘' 하고 나오는 거 몰라?"

"넌 아무것도 몰라."

"뭘 몰라? 하면 돼. 안 한 놈보다 한 놈이 조금이라도 더 가능성이 있어. 그러니까 힘내."

하호가 이렇게 진심인지 몰랐다. 이 정도면 도움은 못 줄 망정 방해하지 말아야 한다.

"넌 할 수 있어. 나는 언제나 널 보면서 배웠거든. 그러니까 길 좀 잘 닦아놔. 나도 그 길로 가게 될지 몰라."

"오지 마라. 존나 힘들어."

원래 욕을 안 하던 하호가 자연스럽게 욕을 한다. 욕이 나올 정도로 더럽고 치사한 게 공부였다.

축제 같았던 시간이 지났다. 하호는 학원으로 갔고, 윤민수는 짜장면 값을 계산하고 사라져 버렸다. 나는 다시 탁구장으로 돌아와 파라솔 밑에 앉았다.

핑퐁, 핑그르르르…….

누군가의 공이 구르고 있다.

어제 엄마의 눈에서 본 공이었다. 하호 녀석의 푹 숙인 얼굴에서도 떨어지던 그 공이었다.

핑퐁, 핑그르르르…….

오래된 숙제

이름 없는 고수가 왔다. 피바람까지는 아니지만 비장함을 안고 왔을 것이다. 끝내지 못한 승부를 내기 위함이다.

그 고수는 똑같은 옷을 입었고 똑같은 가방을 들고 왔다. 마치 그날의 모습을 복사해서 오늘의 고수에게 붙여 넣기를 한 것 같았다. 이름 없는 고수가 오자 탁구장 고수들이 차례로 줄을 섰다. 마침 허정 아저씨도 있었지만 먼저 나서지는 않았다. 아마도 치는 모습을 보고 도전하려는 모양이었다. 언제 왔는지 관장님도 멀찍이 서서 그들의 경기를 관전하고 있었다.

윤민수와 나는 잘 보이는 자리를 미리 잡았다.

"너, 관장님에 대해서 잘 알더라?"

"아빠 선배님이야."

"아하, 그래서 탁구를 배운 거야?"

"반은 맞고 반은 틀려."

"맞는 반은 뭐고 틀린 반은 뭔데?"

"아빠를 따라온 건 맞지만 아빠가 탁구를 치라고 해서 친 건 아니니까."

"어쨌든 아빠처럼 탁구를 치게 된 거네."

"그런 셈이지."

"아빠랑 탁구를 친 것도 아니고 아빠 때문에 탁구를 치는 것도 아니면 왜 탁구를 배운 거야?"

"외로워서."

열여섯 남자아이가 외롭다는 말을 이렇게 쉽게 하는지 몰랐다. '배고파서'를 잘못 들은 것은 아닌지 헷갈렸다. 그래서 다시 물었다.

"외로워서?"

"응."

"무슨 일이 있었어?"

"무슨 일이 있어야 외롭냐? 넌 안 외로워?"

윤민수가 빤히 쳐다본다. 너무 쳐다봐서 민망할 정도다.

"뭐……?"

"외롭지 않냐고?"

"으음…… 외롭지. 야! 인간은 누구나 외로워. 누가 그러더라, 부부가 함께 살아도 외롭다고. 혼자여도 외롭고 같이 살아도 외로우니까 이왕이면 같이 살면서 외로운 게 낫대."

"누가 그래?"

"누가……? 누가 그랬는데…… 기억 안 나지."

"틀렸어."

"틀렸다고?"

"덜 외롭기 위해서 함께 사는 건 괴로워."

"네 이야기냐?"

"아빠랑 둘이 사는데 난 혼자 살고 싶거든."

"아…… 그렇구나. 난 또…… 미안."

"미안한 일은 아니야. 그때쯤 탁구를 치기 시작했어. 내가 덜 외로우려고."

"동기야 어쨌든 탁구는 잘 배웠네. 너…… 탁구 칠 때 좀 멋있어……."

나도 이런 말을 할 줄 몰랐다. 나 자신한테 점점 더 놀라고 있다. 녀석은 대답이 없다. 답을 들으려고 한 말은 아니지만.

줄줄이 명지탁 고수들이 이름 없는 고수한테 깨지고 있다. 심지어 허정 씨랑 매일 탁구를 치는 미순 씨도 지고 말았다.

드디어 허정 씨가 등장했다. 모두가 숨을 죽이고 그들의
경기를 기다렸다.

허정 씨가 꼼꼼하게 공을 살폈다. 이름 없는 고수가 준비
한 공이었는데 '버터플라이 R40+'였다. 지역 시합구로 잘 쓰
지 않는 세계탁구선수권 대회 공식 시합구다.

"다른 공으로 할까요? 제가 이 공으로는 안 쳐 봐서요."

허정 씨가 타그로 시합용 탁구공을 꺼냈다. 일반 디비전에
많이 사용되는 공이다. 그러자 갤러리들이 이름 없는 고수의
공을 구경하려고 모여들었다. 일반 탁구장에서 흔히 볼 수
없는 공이었기 때문이다.

"그러시죠."

이름 없는 고수가 흔쾌히 받아들였다.

가끔 탁구공 하나로 경기가 지연되거나 무산되는 경우가
있다. 상대가 제공한 탁구공이 마음에 들지 않는다고 경기
중 일부러 깨는 선수도 있다고 한다. 이쯤 되면 그 경기는 전
쟁이 된다. 누가 이기든 피를 보는 경기가 될 것이다.

드디어 경기가 시작되었다. 이름 없는 고수와 허정 씨의
경기는 흔히 고수들의 게임처럼 순식간에 점수가 났다. 화려
한 드라이브, 플릭, 스트로크, 자신이 가진 고급 기술을 다 쓰
고 있었다. 하지만 고수들의 이런 기술보다 더 흥미로운 점

이 있었다. 바로 순간 판단이었다. 뇌가 판단하기 이전에 몸이 먼저 판단을 해서 공이 낙하하는 지점에서 기다린다는 점이다. 그러니까 고수들은 자기가 어떤 공을 보내느냐에 따라서 어떤 공이 올지를 예상한다. 아무리 빠른 공도 준비된 동작에서는 여유가 있기 마련이다. 마치 누군가의 인생처럼.

아빠는 그런 예측을 하지 못했다. 비정규직 직원의 입장을 대변했을 때, 아빠 앞날이 이렇게 될 거라고 예상했어야 한다. 인생의 고수가 아니었던 아빠는 그 비난에 무력했다. 결국 비정규직 직원도 아빠 자신도 구원하지 못했다. 앞날을 예견하지 못한 죄, 돌아올 공을 생각하고 계획된 공을 주지 못한 죄였다.

세트 스코어 2대2 상황에서 5세트 세트 포인트다. 1점만 이기면 승부가 나는 점수를 세트 포인트라고 한다.

허정 씨가 공을 높게 띄워 커트 서브를 했다. 횡회전인가. 아니면 회전을 먹은 강한 커트일 수도. 어쨌든 웬만해선 분간하기 어려운 공이었다. 그런데 고수는 가볍게 플릭으로 넘겨 버렸다. 커트라면 커트로 넘겨야 하고 회전이면 적당하게 각을 세워 넘기거나 강한 드라이브로 공격하면 된다. 그런데 플릭으로 짧게 걸어 냈다. 그러니까 이건 넘겨주긴 하지만 결코 쉽게 넘겨줄 수는 없다는 뜻이다.

플릭으로 넘어온 공을 허정 씨가 스트로크로 쳐 내자 고수가 공을 라켓으로 긁어 올리듯 올려 쳤다. 스매시와 유사한 타법이지만 딱히 꼬집어 무슨 공이라고 말하기에 불분명했다. 허정 씨가 넘어온 공을 블락했지만 공이 높이 떠 테이블 밖으로 떨어졌다.

허정 씨의 날렵함도, 서늘한 판단력도, 이기고 싶은 강한 욕망도 이름 없는 고수 앞에서 무너지고 말았다. 하지만 인상적인 경기였다. 허정 씨도 모처럼 좋은 경기를 했는지 졌는데도 웃고 있었다. 아쉬운 탄식은 갤러리들의 몫이었다.

시인 관장님이 두 선수를 데리고 밖으로 나갔다. 이렇게 좋은 경기를 했으니 주인장이 대접하는 게 예의였다. 이번에는 이름 없는 고수도 순순히 따랐다.

우리도 탁구장 옆의 편의점으로 향했다. 보기만 했는데도 이상하게 허기가 졌다.

불닭면이 전자레인지 안에서 돌고 있다.

"이름 없는 고수는 이름이 없어?"

"나도 몰라."

"도대체 둘은 어떤 사이일까? 너희 아빠처럼 대학 선후배라고 하지만 그것보다 뭔가 더 있을 것 같지 않냐? 게다가 30년 만에 나타난 이유는 뭘까?"

"너는 궁금한 것도 많다."

"넌 안 궁금해? 오랫동안 연락도 안 하던 사람이 갑자기 나타났는데?"

"연락만 안 했지, 서로가 어떻게 지내는지 알고 있었어."

"어떻게 알아?"

"탁구가 있잖아."

"탁구?"

"탁구를 저 정도 치면 서로를 알 수밖에 없어. 지방은 더 그렇고 서울도 예외가 아니야. 정기전, 디비전, 탁구장끼리 하는 교류전, 어디에서든 만나게 돼."

"만난 적은 없잖아?"

"얘기는 들었겠지. 모 탁구장 관장이 고수더라, 몇 부더라, 회원이 꽤 많더라 하면서 남의 탁구장 숟가락까지 세려고 들 걸."

"그거야 그렇겠지만 다 네 생각 아니야?"

"그럴지도……."

"다시 만나서 좋을까?"

"풀어야 할 숙제가 있다면 좋고 나쁘고를 떠나서 만나야 겠지. 나 같은 숙제라면 더 그렇고."

뒷말은 작은 소리로 중얼거렸지만 똑똑히 들렸다.

"너 같은 숙제? 네가 숙제야?"

"귀도 밝다."

"들리는 걸 어떡하냐?"

"아빠한테 나는 숙제거든. 아직 풀지 못한 숙제. 내가 어떤 답으로 돌아올지 모르는데 그 숙제를 어려워하는 것 같아."

불닭면이 다 돌아갔다. 우리는 뜨거운 용기를 들고 일자형 테이블에 앉았다.

"윤민수!"

"응?"

불닭면을 열심히 비볐다.

"숙제가 아닐지도 몰라. 만약에 네가 숙제라고 해도 네 몫은 아니야. 그건 너희 아빠 숙제니까 걱정하지 마. 부모라면 그 정도는 각오해야지."

"우리 아빠…… 숙제를 잘 못 해…… 아니, 힘들 거야."

윤민수가 말없이 불닭면을 비비고 있다. 나도 꼼꼼하게 불닭면을 비빈다. 너무 맵지 않도록, 양념이 뭉쳐 MSG를 한꺼번에 먹지 않으려면 정성껏 비벼 줘야 한다. 적당히 골고루 버무린 MSG는 인생의 단맛이지만 뭉텅이로 들어온 MSG는 오늘의 쓴맛이 되겠다.

매운 불닭면을 김밥으로 달래며 한 끼를 해결하고 탁구장으로 복귀했다.

이름 없는 고수와 시인 관장님만 보이지 않는다. 두 분은 풀어야 할 숙제를 30년이 지나서야 풀고 있을까? 탁구가 있었기에 세월이 지나도 만날 수 있었다는 윤민수의 말이 과장이 아닌 것 같았다.

이후 이름 없는 고수는 우리 탁구장에 나타나지 않았다. 시인 관장님과의 마지막 5세트는 언제가 될지 모르겠다. 그 숙제를 남기고 다른 숙제는 풀고 간 것일까? 나중에야 이름 없는 고수의 이름을 알게 되었다. 사실 이름 따위는 중요하지 않다. 그는 경기도 어딘가에서 탁구를 친다고 한다. 멀지 않은 곳이다.

요즘 내 일상은 학교-탁구장, 탁구장-집, 휴일이면 집-탁구장-편의점, 탁구장-집이다. 그리고 점점 더 많은 사람을 알게 되었다. 탁구장 안에 있으면 모든 사람이 좋은 사람 같다. 왠지 친근하고, 왠지 다정한 사람들이 우연히 이곳에 다 모여 있는 셈이다.

대식 씨가 탁구장 사람들에게 탁구복을 돌렸다. 모두가 깜짝 놀랐다. 왜냐하면 평소의 대식 씨는 돈을 쓰는 사람이 아니었다. 경기에 져도 음료수 사는 것에 인색했고 같이 밥을 먹어도 N분의 1이 철칙인 사람이었다. 유일하게 윤민수가 얻어먹는 음료수가 대식 씨가 쓰는 선심이었다.

시인 관장님의 책상이 있는 휴게실이 북적거린다. 모두가 자기 사이즈에 맞는 유니폼을 찾느라 정신이 없었다.

"무슨 일 있나? 이게 웬일이야?"

"대식 씨 보너스 탔어?"

"좋은 일 있나 봐?"

"아무 이유 없이 받아도 되는 거야?"

모두가 한마디씩 했다.

대식 씨는 의자에 앉아 회원들의 모습을 보며 흐뭇하게 웃고 있었다. 오후에 나오는 익숙한 회원들만 해도 삼십여 명이 넘을 것이다. 꽤 큰돈을 썼을 것이다.

"두 민수 것도 있으니까 얼른 골라라."

"아저씨, 혹시 로또 됐어요?"

나는 참지 못하고 물어야만 했다.

"숙제한 거야."

"숙제요? 요즘 숙제를 하는 사람들이 왜 이렇게 많아. 아아, 아저씨한테 하는 말 아니에요."

"다들 숙제는 하고 살아야지."

"아저씨는 무슨 숙제를 했는데요?"

"그간에 받은 회원들의 관심과 시기, 질투, 우정, 수없이 받은 음료수와 한 끼의 밥과 막걸리에 대한 보답이야. 받았으니까 되돌려 주는 게 아니고 내가 하고 싶어서 하는 거야. 자발적 숙제라고 할까? 이렇게 숙제를 하고 나면 마음이 편해져."

"그래도 이건 출혈이 심한데요? 차라리 아이스크림을 돌리시지."

"고민수가 종목까지 정해 주는 거야? 다음에 고려해 볼게. 그런데 탁구복을 돌린 이유가 있어."

"뭔데요?"

"이걸 입고 치는 모습을 보면 매일매일 내가 한 숙제를 확인할 수 있잖아. 그것처럼 보람찬 게 있을까? 난 이기적인 인간이라 내가 만족하면 그만이거든. 세상은 결국 나를 중심으로 도는 거니까."

대식 씨가 이 탁구장에서 고수라는 타이틀을 달고 어떻게 지냈는지 알 것 같았다. 참견쟁이 대식 씨는 그냥 참견만 하는 인간이 아니었다. 아저씨 말대로 모두가 자기만의 세상이 있는 셈이다. 자기만의 숙제를 자기만의 방식으로 풀고 있는 사람들. 어쩌면 지금 나도 나의 숙제를 풀고 있는 것은 아닐까? 누군가는 공부도 안 하고, 목표도 없고, 꿈도 없는 나를 숙제도 못 하는 덜떨어진 인간이라고 생각할지 모르겠다. 나는 지금 나의 숙제를 하고 있다. 아빠가 아빠 숙제를 풀려고 격랑의 길을 떠난 것처럼, 엄마가 엄마 숙제를 고급스러운 접시에서 찾듯 나도 지금 열심히 찾고 있다. 내게 애쓰지 않는다고 비난하지 말지어다. 너무 길게 사는 이 인간들아, 좀 멀리 보자. 제발 내게 당장 숙제를 가져오라고 하지 말길.

운동은 장비발이지

윤민수가 디비전 경기에 나간다. 서대문구에 있는 다섯 개의 탁구장에서 부수별 선수들이 참가하는 경기다. 그런데 윤민수가 디비전 경기에 같이 가자고 했다.

"내가 왜?"

"원래 잘 나가는 선수들은 매니저가 있지. 넌 코치는 안 되고 매니저라고 생각하고 따라와."

"치, 싫거든."

대답은 그렇게 했지만 은근히 기분이 좋았다. 녀석과 나는 꽤 친해졌다. 학교뿐만 아니라 탁구장에서도 붙어 다닌다. 오죽하면 반장이 민수 듀엣이냐고 물을 정도다.

아침 일찍 탁구장에서 윤민수를 기다렸다. 녀석도 경기 나가는 게 부담이 되었는지 일찍 탁구장에 왔다. 민수가 가방 속에서 탁구채를 꺼냈다. 사물함에 있는 니타쿠 바잘텍이 아니었다.

"자, 이거."

"뭐야?"

"이거 받으라고."

"나 주는 거야?"

"응."

"왜?"

"선물."

"와! 이거 좋은 거냐? 네가 웬일이냐? 이런 걸 다 주고."

여름이 다 가도록 녀석한테 탁구공 하나 받은 게 없다. 그런데 탁구채라니 깜짝 놀랄 선물이다.

"관장님한테 러버도 부탁했어. 특별히 테네시 러버야."

"너 나한테 부탁할 거 있지? 그렇지 않고서야 이럴 리가 없는데?"

왠지 의심이 가는 건 어쩔 수 없었다. 그럼에도 기분이 좋았다.

테네시 러버로 말하자면 각종 대회 경품 1등한테 주는 단골 상품이다. 가격도 상당하지만 선수들이 좋아하는 걸 보면 좋은 고무판인 게 틀림이 없다.

늦게 온 대식 씨가 지나가다가 내 탁구채를 보면서 한마디 거들었다.

"오, 판젠동 라켓 ZLC네? 민수 큰돈 썼네. 고민수한테 처음에 준 탁구채도 나쁘지 않은 건데 벌써 이런 걸 사서 주는 거야? 첫 달 관비에 탁구채에 우리 고민수는 좋은 친구를 뒀네."

"지금 쓰고 있는 제 탁구채랑 관비요?"

깜짝 놀라 대식 씨에게 확인했다. 실장님 말로는 탁구장에 굴러다니던 탁구채라고 했는데 그게 아닌 모양이다.

"이것도 네가 준 거야?"

윤민수에게 물었다.

"안 쓰는 탁구채라 준 거야. 내가 처음에 쓴 탁구채거든."

"아, 진작에 말하지 그랬어. 더 고마워지려고 하잖아."

"그럼 더 고마워하든가."

쑥스러운지 윤민수가 자리를 피했다.

이제야 알게 되었다. 실장님이 말한 관비 한 달 무료에 탁구장에 굴러다니던 탁구채의 비밀을. 이 녀석 그렇게 아는 척하지도 않고 새침하게 굴더니 이 무슨 우정의 사기극인가? 나는 아무것도 모른 채 탁구장의 은혜로 길이길이 기억

할 뻔했다.

"아저씨, 이거 비싼 거예요?"

윤민수가 준 탁구채를 들고 대식 씨 가까이 다가갔다.

"비싸지. 원래 탁구채 이름은 선수 이름을 쓰거나 소재 이름을 쓰는데 고민수 탁구채는 판젠동 선수의 이름을 따서 만든 거고, 윤민수 거는 니타쿠 바잘텍이라는 소재 이름을 딴 거야."

"저도 알아요. 민수 거는 바잘텍 이너를 가지고 있어서 수비용 라켓이죠?"

"으음, 그건 틀린 말이야. 모든 탁구채는 다 공격용이야. 수비용 라켓이라는 말은 사람들이 그냥 만든 말이야. 탁구는 무조건 공격하는 게임이거든."

"그래요? 니타쿠 바잘텍 아우터는 공격용 라켓이고 바잘텍 이너는 수비용 라켓이라고 들었는데 아니에요?"

"아니야. 아우터는 러버의 표층을 이야기하는 거고 이너는 안에 든 소재를 말하는 거지. 탁구채가 보통 5합인데 카본을 쓰면 매우 좋은 라켓이라고 할 수 있어. 이너, 아우터는 카본을 어디다 쓰느냐에 따라서 달라지지."

"그렇구나."

"그런데 고민수는 아직 그걸 쓰기엔 일러. 카본은 다른 라켓에 비해 반발력이 좋고 타격감도 경쾌하지만 하수들은 컨트롤하기가 까다로워."

"정말 탁구는 엄청나게 예민한 운동이네요. 조금만 자세가 달라져도 공이 달라져요."

"당연하지. 같은 공이 절대로 들어오지 않아. 열 번을 치면 열 번 다 다른 공이 들어와. 스무 번, 백 번 다 다른 공이 오는데 그게 탁구의 매력이지. 그래서 탁구채 러버에도 신경을 많이 쓰는 거야. 단순히 장비발이 아니라 그만큼 예민한 공을 다루기 때문이지."

탁구채 하나 받고 대식 아저씨한테 탁구채 공부를 톡톡히 했다. 늘 느끼는 거지만 대식 씨는 탁구에 대해서라면 모르는 게 없다. 탁구채, 탁구공, 탁구 규칙, 탁구 학위가 있다면 단연코 박사님이라 해야 한다.

나는 선물로 받은 탁구채와 러버를 시인 관장님에게 붙여 달라고 부탁하고 선수들을 따라 서대문 구청 쪽에 있는 탁구장으로 향했다.

3층에 있는 미라보 탁구장은 시설이 꽤 좋았다. 탁구대 개수는 적지만 탁구대가 있는 공간과 휴게 공간이 투명한 유리벽으로 분리되어 지나가는 사람들 때문에 운동하는 데 방해받을 염려가 없었다. 가끔 게임을 하다가 누군가 지나가면 노 플레이가 되는 경우가 왕왕 있다. 그럴 때마다 예민하게 구는 사람들이 있다.

미라보는 다섯 군데 탁구장에서 온 사람들로 북적거렸다. 주최하는 탁구장에서는 음료와 김밥, 과일, 과자를 준비했다. 나는 일찌감치 자리를 잡고 앉아 간식과 음료를 미리 챙겼다.

"민수야, 이것 좀 먹고 해."

"싫어."

"야, 빨리 먹어. 그래야 힘내지."

"몸이 무거우면 경기가 잘 안 돼."

"원래 밥심으로 하는 거야. 이 형아 말 좀 듣고 조금이라도 먹어 둬."

"아, 진짜 안 먹는다니까……."

윤민수가 마지못해 김밥 한 알을 입에 넣었다. 왠지 내 배가 부른 것처럼 뿌듯했다.

"우리 말이야, 전국에 있는 탁구장 순회 돌까?"

"뭐라고?"

"넌 경기하고 난 이렇게 널 챙기면서 전국에 있는 탁구장을 다니는 거지. 얼마나 좋아. 세상 구경도 하고 사람들도 만나고 이렇게 간식도 얻어먹고.”

“농담이라고 생각하마.”

“진담인데? 오늘 보니까 널 탁구 천재로 키워야겠어. 너 재능 있거든. 그래서 봉춘 서커스단처럼 전국 순회공연 다니는 거야. 야, 상상만으로도 너무 재밌지 않냐?”

“태양의 서커스도 아니고 봉춘 서커스?”

“어허, 모름지기 코리아 하면 봉춘이지. 봉춘 서커스!”

윤민수가 입을 닫았다. 같잖지도 않은 농담에 대꾸하고 싶지 않은 모양이다.

드디어 시합이 시작되었다. 이름표를 나눠 주었고 나는 윤민수 등판에 옷핀으로 이름표를 달아 주었다.

윤민수.

윤민수가 윤민수라는 이름을 달고 경기를 시작한다. 3탁에서 게임을 한 윤민수는 너무도 싱겁게 졌다. 아무리 봐도 상대팀 선수는 6부가 아닌 것 같았다. 4부라고 해도 손색이 없는 실력이었다. 민수가 처참하게 지고는 내 옆에 앉았다.

“아저씨?”

내가 그 선수에게 쪼르르 달려갔다.

“왜?”

“몇 부세요?”

"그건 왜?"

"아저씨 6부 아니죠?"

힘껏 째려봤다.

"뭐, 뭐라고?"

"제가 보면 딱 아는데요, 아저씨 절대 6부 아니에요. 진짜
몇 부세요? 4부? 3부?"

"아니 얘가 왜 이래? 너 선수야?"

"난 저 애 매니저예요. 근데 부수까지 속이고 우리 같은 애
한테 이기고 싶으세요?"

"뭐라고?"

이 아저씨 눈이 가늘게 떨렸다. 내가 정곡을 찌른 것이다.
그때 윤민수가 달려왔다.

"고민수, 그만둬!"

"왜?"

"흔한 일이야."

"흔하다고? 좋아. 흔한 일이면 그냥 넘어가도 되는 거야?
그럴수록 바로 잡아야지. 이건 치사한 경기라고. 스포츠맨십
에도 어긋난다고!"

시원하게 쏘아 줬다.

사람들이 우리를 쳐다봤다. 누군가는 웃겨서 누군가는 어

이가 없어서.

"학생, 그만해라. 원래 디비전에는 그렇게 나가거든. 너 어디 탁구장에서 왔어? 아무것도 모르면 가만히 구경이나 하고 가라."

"이 친구 말이 틀린 건 아닙니다. 우리가 어리다고 반말부터 하시는 것도 예의가 아니고요."

가만히 있으라던 윤민수도 한마디 했다.

"얘들 봐라? 이제 쌍으로 덤비네?"

그러자 대식 아저씨가 끼어들었다.

"자자, 그만해, 정인 씨."

"형님, 제가 틀린 말 했습니까?"

정인 씨라는 사람이 씩씩대는 코뿔소처럼 대꾸했다.

사람들이 모여들었다.

"여러분, 여기 어린 친구들이 이렇게까지 얘기하는데 어느 정도 부수를 맞춰서 경기해 봅시다. 그래야 경기가 재미나잖아요. 이기는 경기만이 경기는 아니니까요. 어때요?"

대식 씨가 사람들을 달래며 설득하기 시작했다. 웅성대던 사람들이 의견을 나눈다. 어른들은 그렇게 한참 동안 상의를 하더니 대진표를 다시 짰다.

부수라는 건 정식 계급이 아니다. 나름 공정한 경쟁을 위해 사람들이 만든 거다. 그런데 원래는 6부인데 8부라고 속이고 게임을 하는 일이 왕왕 있다. 오로지 이기기 위해서다. 알면서도 속는 게임이지만 속이 쓰릴 수밖에 없다.

이번 디비전에서는 어느 정도 부수를 맞추고 게임을 했다. 친선 경기가 아닌 디비전에서 있을 수 없는 경기를 한 셈이었다. 모두가 동의하고 합의한다면 시합의 형식은 얼마든지 바뀔 수 있었다. 결국 사람이 만든 규칙이고 사람이 하는 경기라서 그렇다. 그날 우리는 훨씬 재밌고 스릴 있는 경기를 했다.

"제법인걸!"

게임이 끝나고 탁구장으로 돌아오는 버스 안에서 윤민수가 말했다.

"뭐가?"

"그런 용기는 학교에서 왜 안 써먹냐?"

"학교잖아."

"뭐가 다른데?"

"다르지. 선생님도 있고 학교 규칙이라는 것도 있으니까."

"너한테 선생님이나 학교 규칙을 따르지 말라는 소리는 아니야. 다만 부당한 것에 목소리를 내라는 거지. 오늘처럼."

"오늘처럼?"

"오늘처럼!"

녀석이 피식 웃었다.

윤민수 말대로 세상은 작은 외침 하나로도 얼마든지 변할 수 있다. 왜? 학교도 결국은 사람 사는 세상이니까.

그래서 아빠도 외친 것이다. 세상을 변하게 하려고 한 것은 아니지만 사람 사는 세상이니까. 상식적이고 합당한 외침이라면 그게 바로 룰이 될 수도 있다. 규칙이라는 것, 상식이라는 것도 결국 사람이 만든 것이다. 사람이 만든 것이니 바꾸는 것도 사람이 하면 된다. 그 룰이, 규칙이 부당하다면 목소리를 내라. 포식자만 가득한 세상에 이 정도 외침은 있어야 하지 않을까? 그래야 약자도 비정규직도 왕따도 무수히 많은 소심한 이들도 살아가지 않을까?

민수는 3대2로 졌다. 대식 씨의 분발로 명지탁구장은 다섯 개 탁구장이 출전한 디비전에서 2등을 했다. 부상으로 엑시옴 탁구공 6개가 주어졌다. 윤민수가 자기 몫으로 받은 탁구공을 내게 주었다.

오늘 재수가 좋은 날이다. 탁구채, 탁구공까지 풀 세트가 내게로 왔다. 얼른 명지탁구장으로 돌아가 시인 관장님이 예쁘게 붙인 탁구채를 만나 봐야겠다.

하수들의 왕

안연두, 그 애는 왕이었다. 하수들의 왕. 탁구에 입문한 지 이제 1년 하고 6개월이 되었다고 한다. 본디 탁구란 스포츠 중에서 가장 예민한 운동이다. 오죽하면 평균대 체조 다음으로 어려운 스포츠가 탁구라고 할까! 그도 그럴 것이 2.7그램의 가벼운 공으로 무엇인가를 하는 것 자체가 묘기에 가깝다. 조금만 손목이 틀어져도, 조금만 라켓 각도가 달라져도 이놈의 2.7그램은 방향과 텐션이 달라진다. 그러니까 탁구는 3년을 쳐도 하수에 머물러 있다. 적어도 10년은 쳐야 어디 가서 탁구 좀 친다고 명함을 내밀 수 있다. 그런데 배운 지 18개월밖에 안 된 초보가 왕이 되었다.

그 애의 뒤태를 보자면 우리 집 빌라 403호 아줌마의 뒤태

135

요, 앞태로 보자면 주근깨가 바글바글 얼굴에 깨를 뿌려 놓았다. 발그레한 볼, 오목조목한 입, 짧은 단발머리의 그 애는 가끔 귀엽고 가끔 무섭다. 이유는 간단하다. 수줍음 가득한 얼굴은 전자이고, 온몸으로 맹렬하게 드라이브를 걸 때는 후자다.

나와 같은 학교를 다니는 안연두는 오다가다 몇 번은 본 얼굴이다. 이름은 몰랐지만 딱히 이름을 알고 싶은 아이는 아니었다. 탁구장 사람들이 연두라고 부를 때 그제야 그 아이가 연두처럼 보였다. 안연두가 연두가 되던 날 그 아이는 탁구를 치고 있었다.

안연두는 뚱뚱한데 탁구를 잘 친다. 아니, 놀랄 만큼 잘 친다. 이제 18개월 차가 드라이브, 백 드라이브 이제는 치키타까지 흉내 내고 있다. 가끔 혼자서 로봇을 상대로 백 드라이브 연습하는 걸 봤는데 무려 열 바구니 가까이 공을 쳤다. 포핸드를 세 바구니만 쳐도 어깨가 아픈데 백 드라이브 열 바구니라니 놀라울 따름이다.

오늘도 안연두가 로봇을 독차지하고 있다. 나는 그 애가 로봇과 이별하기를 바라면서 레슨실에 앉아 있었다. 20분 가까이 기다렸지만 안연두는 나올 생각이 없다. 막 들어가서 따질 참에 대식 씨가 불렀다. 왼손 탁구를 치자는 거였다. 물론 왼손으로 탁구채를 잡은 건 대식 씨고 나는 오른손으로 탁구를 쳤다. 왼손 대 오른손, 얼핏 보면 오른손이 유리할 것 같지만 대식 씨의 왼손은 그냥 왼손이 아니었다. 8부가 될까 말까 한 왼손은 만만한 상대가 아니다.

분하다! 정말 분하다.

내리 세 게임을 했지만 나의 오른손은 그의 왼손을 이기지 못했다. 그런데 더 분통이 터질 만한 일은 그 이후였다. 대식 씨가 기가 막히고 코가 막히는 탁구채를 들고 나타난 것이다. 기존의 탁구채 반만 한 미니 탁구채였다. 이것은 무엇에 쓰는 물건인고? 어디 가방에 달고 다니는 키링이라고 해도 믿을 정도였다.

"그걸로 친다고요?"

"응. 만만해 보이지?"

"에이, 뭐예요? 장난해요?"

"크기가 작다고 우습게 보면 안 돼."

"탁구공만 한 탁구채로 진짜 게임을 하겠다고요?"

대식 씨가 실실 웃는다. 작아도 너무 작은 그 탁구채는 정말이지 시시해 보였고, 저걸 상대로도 진다면 탁구를 그만두라고 해도 할 말이 없겠다. 이건 말이 안 된다. 왼손이야 타고난 감각과 훈련으로 어느 정도 실력을 갖출 수 있지만 저 미니 탁구채는 물리적으로 불가능해 보인다. 탁구채 반만 한 크기에 탁구공이 맞을 확률은 그러니까 딱 절반인 셈이다. 그렇다면 해볼 만한 게임이다.

"시작하세요!"

"커트 서브야!"

대식 씨는 이제 대놓고 자기 서브를 말하고 있다.

부르르, 살이 떨릴 만큼 약이 오른다. 반드시 이겨 주겠다.

살짝 넘어온 공을 당연히 커트로 받아 냈다. 그러자 대식 씨가 주특기인 드라이브로 공을 걸어 올렸다.

그럼, 그렇지!

허공을 가르는 이 앙증맞은 탁구채는 정확하게 공을 비껴 갔다. 너무 작은 탁구채가 타점을 찾지 못하고 허공을 가르고 있다.

"아이쿠야!"

대식 씨는 안타까워 죽을 지경이고 나는 신이 나서 죽을 지경이다. 하지만 너무 기뻐하진 말자. 이럴 땐 포커페이스가 필요한 법, 의연하게 표정 관리를 했다.

"다음은 무슨 서브예요?"

"이번엔 훅 서브야."

여전히 대식 씨는 웃고 있다.

혹 하고 떨어져야 할 공이 오다 말고 네트에 콕 박힌다.

"어어, 이거 어렵네……."

몇몇 사람이 모여들었다.

사람들도 이 미니미니한 탁구채를 처음 본 모양이다.

"아, 귀엽다!"

"저런 것도 있어요?"

"저거 장식품 아니에요?"

"신기하네, 신기해!"

그사이 3대1이 되었다. 물론 내가 앞서는 중이다.

경기가 이렇게 쭉 갈 줄 알았다. 사람들은 점점 더 모여들었고 대식 씨는 작은 탁구채에 적응하고 있었다. 이제 서브 실수 같은 건 하지 않았다. 게다가 작은 탁구채로 들어 올리는 드라이브가 어렵다는 걸 간파한 대식 씨가 스트로크나 회전성 커트로 공을 보냈다. 그러니까 내 공은 멀어지거나 네트에 꽂히거나 테이블 밖으로 외출하는 경우가 점점 많아지고 있었다. 첫 세트는 어찌어찌 이겼는데 내리 두 세트를 내주었다. 원래 다섯 세트를 하기로 했는데 더 해 봤자 망신살만 뻗칠 일이다. 이상하게 8점을 내게 먼저 주고 하는 경기나 왼손 경기보다 이 작은 탁구채로 지는 게 더 싫었다. 저 작고 앙증맞은 것에 나는 무력하게 무너지고 있었다.

내가 경기를 포기하자 누군가 나섰다.

"저랑 한판 해요."

바로 그 애였다. 전혀 연두하지 않은 안연두.

"아, 연두는 좀 어려운데……."

"고민수랑 같은 부수인데 왜요?"

"에이, 연두는 10부가 아니지. 8부 같은 9부지."

"그런 게 어딨어요? 다 같은 하수인데."

"좋아. 해 보자!"

드디어 안연두랑 대식 씨가 맞붙었다. 나는 누구보다 열렬히 연두를 응원했다. 꼭 이겨서 대식 씨가 흘리는 저 웃음이 싹 가시도록 해 줬으면 좋겠다.

시시한 서브는 이제 없다. 대식 씨가 한결 진지해졌다. 연두는? 연두는 정말이지 이글이글 타오르고 있었다. 저 눈빛에 불을 붙인다면 당장이라도 불화살이 쏟아질 것 같았다.

연두가 가볍게 대식 씨의 커트를 백 스트로크로 걸어 올렸다. 안연두 1점. 이번에는 연두의 횡회전 서브다. 보통 하수의 횡회전 서브는 회전이 약해서 고수들은 쉽게 받아 낸다. 그런데 연두의 횡회전 서브에는 페이크가 있다. 커트와 회전이 절묘하게 섞여 있다. 그렇다면 단순히 커트로 받아도 안 되고, 단순히 푸시로 받아도 안 된다. 하수의 약점을 속임수로 커버한 것이다.

대식 씨의 작은 탁구채는 안연두의 횡회전 서브 다섯 개 가운데 두 개를 받지 못했다. 게다가 주특기인 드라이브를 할 수가 없으니 짧은 공이나 긴 공으로 코너를 공략했다. 하지만 안연두는 공에 대한 집착이 엄청나게 강했다. 코너로 들어오는 공을 악착같이 받아 냈다.

연두와 대식 씨가 1세트와 2세트를 나란히 하나씩 가져갔다. 드디어 마지막 3세트였다.

"야, 안연두 힘내라!"

나도 모르게 소리를 지르고 말았다. 언제 왔는지 윤민수가 내 옆구리를 찔렀다.

"왜?"

"그렇게 노골적으로 응원하면 예의가 아니지."

"뭐 어때? 내 복수를 해 주는데 편파적으로 응원하면 안 되냐?"

"졌냐?"

"졌다."

"당연하지."

"뭐가 당연하냐?"

"원래 탁구채 크기는 규정되어 있지 않아. 더 커도 작아도 경기를 할 수 있어."

"탁구채가 커도 된단 말이야?"

"응."

"정말? 그럼 다들 큰 탁구채를 들고 나가게?"

"그렇지 않아. 탁구공이 2.7그램이잖아."

고개를 끄덕였다.

"그 공을 받고 치기에 저 사이즈가 가장 적당한 크기라는 거지. 스포츠는 과학이야. 운이나 속임수, 때론 반칙이 있지만 모든 경기의 규칙이나 장비는 공학적인 계산에 의해서 주어지는 거야. 수영 선수에게는 수영복이 그렇고 야구 선수에게는 공이나 배트가 그렇지. 축구공도 예외가 아니야. 탁구공도 탁구채도 공학적으로 계산해서 저 크기가 나온 거라고. 더 크다고 유리하지 않다는 거지. 무게감, 각도, 공의 탄성을 다 계산해서 나온 과학의 결과물이야."

그제야 윤민수가 말하는 걸 이해할 수 있었다. 무조건 크다고 유리한 게 아니었다. 그러니까 작다고 꼭 불리한 것도 아니다. 대식 씨의 저 작은 탁구채는 하수들과 갤러리들에게 즐거움을 주기 위한 장비는 분명하지만 그렇다고 만만한 물건은 결코 아니었다. 드디어 3세트 마지막 포인트만 남았다.

10대8, 안연두가 지고 있었다. 서브는 연두 차례였다. 연두가 이번에는 훅 서브를 넣었다. 공이 훅 들어가며 왼쪽으로 짧게 휘었다. 그러자 대식 씨가 그 짧은 공을 스트로크로 넘겼다. 작은 탁구채로 하는 스토로크는 더 강렬했다. 잽싸게 연두 테이블로 넘어온 공을 안연두는 받아 내지 못했다.

11 대 8, 안연두가 졌다. 하지만 모두가 연두를 칭찬했다.

누군가는 저게 어떻게 9부냐고 했다. 누군가는 승부욕이 대단하다는 말도 했다. 연두의 백 드라이브나 포핸드 드라이브는 거대한 몸짓이 물살을 가르는 것처럼 보였고 때때로 포악하게 느껴졌다. 종종 연두의 드라이브는 상대 선수가 몸을 피할 정도다. 실제로 맞으면 어디 하나 멍이 들거나 아플 정도였다. 게다가 체중이 실려서 풋워크 소리도 컸다. 마루가 흔들릴 일은 없을 텐데도 마루가 들썩이는 느낌이 든다. 하수끼리 맞붙는다면 움츠러들 게 당연했다.

경기가 끝나고 나와 윤민수는 나란히 앉아서 안연두가 다른 사람과 경기하는 걸 먼발치서 지켜보았다. 연두는 대식 씨와의 경기가 끝나자마자 복식을 치고 있었다. 하수와 중수가 낀 복식조였다.

"쟤는 진짜 거대하지 않냐?"

"뭐가?"

"뚱뚱한데 날렵하잖아. 아마 저걸 물 찬 제비라고 할걸?"

"너 그거 외모비하야."

"뭐가 외모비하야. 뚱뚱한 거 맞잖아."

"하나도 안 뚱뚱해. 조금 건강한 것뿐이지."

"야야, 윤민수, 저기 뱃살 접히는 거 안 보여?"

"누구나 저 정도 뱃살은 있거든?"

"누구?"

"미순 아줌마. 금옥이 아줌마, 다영이 누나도 뱃살 있잖아. 다들 저 정도는 있거든?"

"그거야 다들 아줌마잖아."

"아줌마랑 학생이랑 뭐가 다른데? 게다가 여기 오는 아저씨들은 더해. 대식 아저씨랑 관장님만 빼고 다들 세 겹 이상이거든! 그런데도 탁구를 기가 막히게 잘 치잖아. 그러니까 배 나온 거랑 탁구랑은 아무 관계가 없어."

"너 편파적이다."

"아니거든."

"냉정한 녀석이 이건 아니야? 뭔가 있어······."

"아무것도 없거든!"

윤민수 얼굴이 점점 달아오르고 있다. 나는 그저 장난이었을 뿐이다. 그런데 녀석의 반응이 심상치 않다. 설마 우리 학년 2등이 안연두를?

정말?

리얼리?

어메이징!

이 냉혈한 윤민수에게 사랑이 있다니 서쪽에서 해가 뜰 일이다.

그런데 그날 밤 기가 막힌 꿈을 꿨다. 보통은 잠자기 전에 천장을 굴러다니는 탁구공을 상상하는데 낮에 한 경기를 복기해서 이런 꿈을 꾼 걸까? 어이없게도 안연두 꿈을 꿨다. 하고 많은 사람 중에 안연두 꿈을 꾸다니 나의 해가 서쪽에서 뜰지도 모르겠다. 어쨌든 연두와 내가 게임을 했는데 3대1로 내가 이겼다. 어찌 된 일인지 안연두의 강력한 드라이브를 내가 받고 있었다. 나의 강력한 횡회전 서브를 안연두가 받지 못해서 얼굴이 벌겋게 달아올랐다. 안연두가 2대0까지 몰리자 마지막 3세트에서 미친 듯이 날뛰었다. 그 모습이 너무 안타까워서 3세트를 내주었다.

뱃속이 간질간질했다. 자꾸만 웃음이 샌다.

낄낄낄!

끌끌끌!

어느 순간 내가 웃고 있다. 얼핏 깨면서 내가 웃고 있다는 걸 알고 화들짝 놀라 일어났다. 꿈이었다. 꿈꾸면서 웃어 보았는가? 그 웃음이 얼마나 달콤한지 안 웃어 본 인간들은 알지 못한다. 나는 깜깜한 어둠 속에서 실실 웃었다. 아직도 꿈속인 양. 이 밤이 아주아주 길었으면 좋겠다.

낄낄낄!

끌끌끌!

나만의 핑퐁

이상한 버릇이 생겼다. 포핸드 자세에서 자꾸 밀어 치는 것이다. 누군가 내게 밀어 치기의 대가가 되었다고 놀렸다. 내 자세로 탁구 논문을 써도 재밌을 거라나?

나는 모르겠는데 내 포핸드가 이상하긴 한가 보다. 하수든 중수든 나와 랠리를 하면 상대가 힘들어한다. 내 공이 랠리 할 때도 휘어서 들어온다고 한다. 웬만한 고수들이 아니면 나와의 랠리는 고난이다. 이유는 간단하다. 내가 공을 밀어 치기도 하지만 이상한 회전을 먹고 공이 온다고 한다. 나는 모르겠는데 누군가는 반드시 이야기한다. 탁구에서 이런 습관은 좋지 않다고.

그런데 시인 관장님의 친구분 몇몇이 명지탁구장에 놀러

왔다. 윤민수와 몇 번 쳤는지 알은체를 했다.

2부나 3부 정도 치는 고수분들인데 '청바지 동호회'라고
했다. 청바지를 입는 아저씨들이라 저런 이름이 붙은 줄 알
았더니 '청춘은 바로 지금'이라는 뜻이란다. 정말 유치하기
짝이 없다. 어른들은 저런 이름이 진짜 좋은가?

어쨌든 다들 청바지를 입고 오긴 했다. 그중에서 2부 아저
씨는 미순 아줌마처럼 뽕 탁구채를 들고 왔다. 3부 아저씨는
엄청나게 두꺼운 안경을 썼다.

우리는 초고수들이 하는 경기를 한참 구경했다. 와! 대단
하다! 봤냐? 진짜 잘한다! 이런 감탄사를 연발하다가 저건
신들의 경기지, 우리는 감히 범접할 수 없지, 하면서 자리를
떴다. 5세트까지 봤으면 볼 만큼 봤고 감탄사도 더는 안 나올
정도가 된다.

고수들의 운동장인 1탁과 가장 먼 7탁에서 우리는 랠리를
시작했다. 윤민수는 여전히 말이 없는 나만의 스승이고 여전
히 충직한 나만의 파트너다. 그렇게 한참 동안 랠리를 하고
있는데 두 명의 고수가 우리 테이블로 다가왔다.

"민수야, 잠시 참견해도 되겠니?"

2부 아저씨가 말을 걸었다.

"네."

웬일인지 윤민수가 고분고분하다. 너무 초고수 앞이라 얌전한가? 대부분 하수는 고수들 앞에서 무한히 겸손해지고 착해진다. 약육강식, 생존의 룰이랄까? 아니면 무의식중에도 고수 앞에 서면 기가 죽는 건 어쩔 수 없는 현상일까? 웬만한 고수들 앞에서도 기가 죽지 않는 윤민수가 공손하니 호기심이 인다.

"네 친구도 민수라면서?"

"네!"

이번에는 내가 대답했다.

"그럼 편하게 민수라고 부를게. 민수, 네 자세가 안타까워서 내가 몇 마디 해도 될까?"

"밀어 치는 거요?"

"맞아. 밀어 치는 습관도 있는데 사실은 상회전이라기보다는 횡회전에 미세하게 역회전이 섞인 정체불명의 까다로운 공이라서 그래. 이런 공은 랠리 하기에 무척 까다롭지. 기본자세가 바르지 못하면 고급 스킬에서 위력이 약해져. 힘을 끝까지 전달하지 못하거든. 특히 포핸드와 백핸드 자세는 고급 스킬을 쓰기 위한 가장 기본적인 자세야. 모든 기술은 포핸드, 백핸드에서 변형되어 드라이브가 되고 스트로크가 되고 치키타, 플릭이 되거든."

무슨 소리인지 반은 알겠고 반은 모르겠다. 그렇지만 고개를 끄덕였다. 왜냐면 이런 초고수가 뭐 하러 나 같은 하수에게 관심이 있어서 이렇게 먼 7탁까지 오시어 금쪽같은 조언을 해 주겠냐, 이 말이다.

　"탁구를 오래 치려면 최대한 불필요한 동작은 하지 말아야 해. 최소한의 움직임으로 최대한의 효과를 내야 하는 거지."

　그러자 3부 아저씨가 끼어들었다.

　"음, 다 필요 없어. 그냥 즐겨. 친구 자세 호전적이고 좋구면. 밀어 치든 당겨 치든 치다 보면 나만의 탁구를 치는 날이 오게 돼 있어. 이건 다 갑갑한 이론이야. 여긴 생활 체육이라고. 친구는 즐기면서 탁구를 치면 그만이야, 즐겁게 말이지."

　"아이, 그러시면 안 돼요. 탁구를 배우는 학생들이잖아요. 기본부터 충실하게 알려 줘야지, 그런 사파를 전파하시면 안 돼요."

　"어허, 어디 세상에 정파만 산답니까? 정파는 정파의 길로 사파는 사파의 길로, 운명대로 살게 해야지. 누구나 나만의 탁구가 있어요. 나만의 평퐁이죠. 둥근 공에 무슨 하나의 길만 있겠어요? 각자 자기 길을 만들어 나가는 거지. 탁구도 마찬가지예요. 정파와 사파 사이에 제3의 길이 없으란 법이 어디 있어요?"

"입문자한테 그런 사이비를 전파하시다니……."

2부와 3부가 조곤조곤 대화를 했다. 우리를 가운데 두고. 나름 진지하기도 했지만 그들의 티키타카가 듣는 사람을 즐겁게 만들었다. 원래 티키타카는 탁구 용어다. 탁구공이 오가듯 빠르게 대화하는 걸 말하는데 그만큼 서로 잘 통한다는 얘기다. 그들은 농담을 진담처럼 했고 진담을 농담처럼 던졌다. 깍듯이 존대하면서 따질 건 따지고 넘길 건 넘겼다. 하지만 이들의 대화를 들으면서 정작 나는 더 헷갈렸다. 어떻게 보면 2부의 말이 맞는 것 같고 어떻게 보면 3부의 말이 맞는 것 같았다. 부수가 높다고 그의 말이 다 옳은 것도 아니었고 부수가 낮다고 그의 말이 틀린 것도 아니었다.

그들은 게임도 자신의 말처럼 했다. 태도와 말이 비슷한 경우가 있는데 게임도 그렇게 했다. 2부의 탁구는 정교했고 디테일에 강했다. 최소한의 움직임으로 정교하게 상대의 허점을 찔렀다. 3부의 탁구는 드라마틱했다. 순간적인 타법이나 강렬함이 정교함과는 조금 거리가 먼, 본능적인 움직임을 따랐다. 그러니까 한 명은 우아했고 한 명은 강렬했다. 누가 옳은 건지 누가 잘하는 건지 나 같은 하수는 알 수 없었다. 배운 탁구인들은 2부를, 구력이 많은 생활 탁구인들은 3부를 응원했다. 그런데 탁구인들에게 공통적으로 가지고 있는 생각이 있었다. 배운 탁구를 치는 자, 이른바 정파들은 야생의 탁구를 치는 사파에게 지는 걸 무척 싫어한다. 정파가 정파한테 지는 것보다 사파에게 지는 게 더 자존심이 상하는 모양이다. 심지어 이런 사파들과 게임을 하라고 하면 까다로워서 피하는 경우도 있다. 배운 대로 치지 않고 이상한 변수를 써서 예상치 못한 곳으로 공이 오기 때문이다. 그래서 정파들은 사파를 변태 탁구라고 부른다.

생각해 보면 사회도 마찬가지다. 대학, 대학원을 나온 엘리트 코스를 밟은 사람들 눈에 검정고시 출신은 변칙으로 보일 수 있을 터다. 초중고등학교에서 학원과 과외로 착실하게 쌓아 온 성적이 배신당한 느낌일지도 모르겠다. 많은 이들이 돈을 들인 만큼 성적이나 성공으로 보답받길 바란다. 그런데 누군가가 돈 하나 들이지 않고 혼자 즐기다 비슷한 성과를 냈다. 돈 들인 이들은 화가 난다. 그 숱한 돈과 시간이 억울해서다.

나는 종종 교과서가 아닌 다른 것에서 길을 찾는다. 그것은 책이 될 수도 있고 게임일 수도 있다. 본능적인 감각으로 내가 좋아하는 걸 좇는 게 잘못된 것일까? 누군가 한 명쯤은 잘못되지 않았다고, 그렇게 가도 된다고 손을 내밀어 줬으면 좋겠다. 지금 내가 치고 있는 탁구처럼.

앞으로 내가 어떤 탁구를 칠지는 모르겠다. 지금은 그저 아무 생각 없이 탁구만 친다. 적어도 탁구를 치고 있으면 내가 길을 헤매고 있다는 생각은 들지 않는다. 아직도 어딘가를 헤매고 있을 아빠에게도 나처럼 잠시 쉬어 갈 수 있는 탁구 같은 존재가 있었으면 좋겠다. 적어도 덜 외로우니까, 덜 고단할 테니까.

민수 잘 지내고 있지?

아빠에게 연락이 왔다. 무려 127일 만이다.

아빠가 날 잊은 줄 알았다. 아빠가 날 버린 줄 알았다. 아빠가 도망간 줄 알았다. 그런데 연락이 왔다.

한참 동안 문자를 보고 또 봤다. 어떻게 대답할까?

아무렇지 않은 척 대답해야 하나?

아니면 왜 이제야 문자 하냐고, 이렇게 날 내버려 둬도 되는 거냐고 따져야 하나?

나는 잘 지내고 있지 않았다. 아무리 엄마한테 센 척해도 나는 괜찮지 않았다. 아빠는 어른인데 이렇게 무책임해도 되는 거냐고 따지고 싶었다.

결국 답장하지 않았다. 내가 아빠한테 할 수 있는 최대한

의 복수였다. 나도 아빠를 기다리게 하고 싶었다. 나만 너무
오래 기다렸으니까.

그날 저녁 아빠한테 답을 했다.

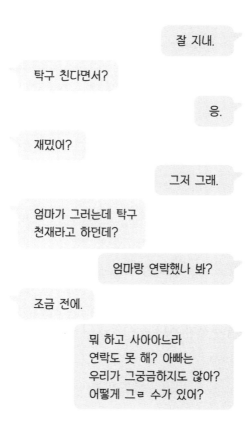

급하게, 격하게 쓰느라 글자가 엉망이다. 그래서 수정하려
고 했는데 보내기 버튼이 먼저 눌러졌다.

아, 빌어먹을!

민수가 힘들었구나.

이럴 땐 좀 모른 척해 주면 안 되나? 아빠는 정말이지 답
이 없다. 언제나 늘 이런 식이다.

 ……

민수야?

왜?

대답하지 말아야 하는데 아빠가 문자를 그만할까 봐, 잽싸
게 대답하고 말았다.

곧 돌아갈게. 조금만
더 기다려 줘.

언제, 언제 오는데?

곧.

 ……

탁구 열심히 치고 있어.
아빠랑 탁구 쳐야지.

…….

그리고 끝이었다.

멍하니 침묵하는 휴대폰 화면만 뚫어지게 보았다. 더는 아빠를 응원하고 싶지 않다. 더는 아빠를 기다리고 싶지 않다. 더는 참고 싶지 않다.

아빠는 정말 좋은 사람일까? 누군가를 위해서 목소리를 낸 사람인데 정작 자기 가족을 위해서는 왜 목소리를 내지 않는 걸까? 아빠가 찾는 길은 아빠만을 위한 길이 아닐까? 그 길에 엄마와 내가 있긴 한 걸까?

나는 이제 지쳤다. 아빠가 아빠의 길을 찾는 것에 더는 찬성할 수 없다.

왜?

아빠를 기다리는 게 힘이 드니까.

어두운 식탁 의자에 앉아 있는 엄마의 뒷모습을 보는 게 힘이 드니까.

떨쳐 버리려 해도 떼어지지 않는 꼬리처럼 불안이 계속 따라오니까.

나는, ……나는, 인정하고 싶지 않지만 겨우 열여섯이니까…….

아빠는 여전히 아빠만의 평퐁을 찾고 있다. 여태 밀어 치고 엎어 치고 하다가 고급 스킬에서 길이 막힌 거다. 2부 고수가 말했다. 언젠가 그런 타법이 직진으로 가는 길을 막을 거라고. 그땐 처음으로 돌아와 다시 해야 한다고.

아빠가 이 포악한 야생에서 살아남을 길은 2부 아저씨 말이 아니라 3부 아저씨의 말이 아닐까? 돌아가기에 너무 먼 길이다. 모두가 가는 정석대로 걸을 필요는 없다. 자신의 길을, 나만의 평퐁을 흔들림 없이 지켜야 한다. 갑자기 나타난 돌발에 놀라거나 주춤할 순 있어도 자신을 믿어야 한다. 여태 지켜온 삶이 아니던가. 정답은 아니어도 나만의 평퐁은 언제나 있고 정석만이 답은 아니라고 했다. 아빠가 답을 찾아서 와 주길 언제까지 기다려야 할지 모르겠다. 아빠의 시간과 나의 시간이 다르게 지나가고 있다.

뜬공 앞에서

뜬공이다!

상대가 어렵게 받은 공이 높게 떴다. 심장이 뛰기 시작한다. 회심의 일격을 날릴 타이밍이다. 뜬공 앞에서 생각이 많아진다. 내리꽂을까? 살짝 넘겨 버릴까?

이게 바로 로빙 볼이다.

뜬공 앞에서

명지탁구장 휴게실 벽에는 어느 작가가 쓴 저 글이 있다.

뜬공 앞에서 어떻게 하란 말인가? 마치 인생의 어느 한 방향을 의미하듯 저 글이 자꾸만 눈에 들어온다.

이상한 일이다. 쉽게 승부를 낼 수 있는 뜬공이 나는 너무도 어렵다. 번번이 뜬공 앞에서 속수무책으로 당하게 된다. 왜일까? 바로 기다림이다. 나는 높게 뜬공을 기다리지 않는다. 바쁘게 뛰는 심장처럼 급하게 달려가 공을 치려고 단단히 벼른다. 당연히 공은 나를 기다려 주지 않는다. 과하게 들어간 힘은 허무하게 무너진다. 높이 뜬공은 나의 라켓을 비껴 떨어진다. 라켓이 공중에서 휘휘 날아다닌다. 마치 누군가의 인생처럼.

한 방을 노렸던 누군가는 그 한 방 때문에 허무하게 무너진다. 떨어지는 감이 안전하게 내 입으로 떨어질 확률은 일만 분의 일이다. 뜬공 앞에서는 모두가 겸손해야 한다. 자만해서 덤비거나 잔뜩 힘을 주면 헛방만이 남을 뿐이다. 나의 시야에 안전하게 들어올 때를 위해 준비하고 기다려야 한다. 한 방의 행운 같은 인생은 절대 없으니까.

하호에게 행운은 오지 않았다. 그 짧은 노력에 한 방 같은 결과는 없었다. 한하호는 또 꼴찌를 했다.

"이게 말이 되냐! 공부를 하나도 하지 않은 네가 꼴찌를 해야 하는 거 아니냐고! 나는 이번에도 꼴찌인데 너는? 넌 왜 등수가 열 계단이나 올라갔냐고!"

"그거 욕 같다."

"아니 합리적으로 생각해 보란 말이야. 나는 윤민수한테 기초 학습까지 받았는데 또 꼴찌가 말이 되냐고?"

"내가 왜 공부를 안 한다고 생각하지? 네 앞에 있는 그 열 명이 비밀과외나 학원 같은 데 다닐 수도 있잖아?"

놀리고 싶은 마음에 녀석의 마음에 의심 하나를 심어 줬다.

"진짜야? 너 나 몰래 공부했어?"

하오가 예상대로 펄쩍 뛰었다.

"……."

내 말이 다 틀린 건 아니었다. 중3이 되면 공부를 안 하던 녀석들이 공부를 한다. 기계적으로 학원을 다니던 녀석들이 능동적으로 과외를 받는가 하면 열렬하게 공부를 한다. 바로 두려움 때문이다. 원하는 고등학교에 못 갈 수도 있다는 막연한 공포감이 아이들을 움직이게 만든다.

그러면 나는? 사실 나는 딱히 한 것이 없다. 똑같이 공부랑 상관없는 잡다한 책을 읽고 잡다한 유튜브를 보고 잡다한 다큐를 찾아 시간을 때운다. 가끔 그런 데서 얻은 지식이 시험에 도움이 될 때도 있지만 나는 시험 자체에 관심이 없다.

하호의 실망감이 이만저만 아니다.

"나 다 포기할까 봐."

"뭘 포기해?"

"공부고 뭐고, 고등학교든 대학교든 다 포기하지 뭐."

"다 포기하고 뭐 하고 싶은데?"

"무엇을 하고 싶냐고? 왜 그딴 걸 물어? 넌 하고 싶은 게 뭔데? 하고 싶은 게 있기는 하냐?"

"되고 싶은 건 없지만 하고 싶은 건 있지."

"진짜? 그런 꿈이 있단 말이야?"

"그럼."

"그게 뭔데?"

"비밀이야. 묻지 마라. 일급비밀이다."

"아, 공유 좀 하자. 꿈도 나눠 먹으면 더 커질지 누가 아냐?"

"자고로 꿈은 나눠 먹는 거 아니다. 함께 꾸면 몰라도."

"함께 꾼다고? 그럼 같이 좀 꾸게 말해 줘라."

"너랑 나눠도 될지 모르니까 일단은 네 꿈을 위해서 공부해라. 그래서 고등학교도 가고 대학도 가고."

"아, 치사한 자식! 저 혼자 꿈도 꾸고 좋겠다, 넌!"

사실 나한테 대단한 꿈이 있을 리 없다. 찌질한 등수에 찌질한 존재감에 찌질한 외모의 내가 꿈을 꾼다고 이루어지는 현실이 아니니까. 그래도 꽤 그럴듯한 계획이 있었다. 우리 집이 망하기 전까지는.

나는 진짜로 대학에 갈 생각이 없다. 엄마 아빠는 부자는 아니지만 사는 데 불편함은 없었다. 그래서 생각한 것이 대학 등록금으로 내가 가고 싶은 곳을 여행하는 거였다. 자식이라고 해 봐야 나 하나이고 어차피 등록금은 마련할 테고 그 돈으로 진짜 하고 싶은 걸 하는 게 더 의미가 있다고 생각했다. 학교는 실업고든 어디 변두리 학교든 가서 영어 공부나 하면서 적당히 3년을 때울 작정이었다. 그런데 사정이 달라졌다. 당장 내 등록금이 없을지도 모르겠다. 이제 한발 물러서서 생각해 봐야 한다. 내 꿈을 보조할 총알이 없어졌으니 그 총알을 어떻게 마련할지 말이다.

생각해 보면 이 꿈도 뜬공일지 모르겠다. 무책임하게 소중한 시간을 헛바람으로 날려 버리는 건 아닌지 의심이 든다. 지금이라도 남들처럼 살아야 하는 것은 아닐까? 학원에 다니고 등수에 목매어 안전한 삶에 안착하는 데 힘을 모아야 하는 것은 아닌가?

결국 나는 답을 찾지 못했다.

하호가 꿈을 찾아 학원으로 가고 나서 나는 뒤늦게 교실을 나왔다. 막 교문을 나서는데 윤민수가 있었다.

"탁구장 가게?"

내가 묻자 녀석이 앞서 걸었다.

"따라와."

"어디 가게?"

우리는 앨리스의 동굴 계단을 내려가 탁구장을 지나쳤다. 탁구장에 들어가던 안연두와 마주쳤지만 서로가 아는 척하지 않았다. 안연두가 우두커니 서서 우리 뒤통수를 바라보다 뒤돌아선 나와 눈이 마주쳤다. 안연두가 놀라며 서둘러 고개를 돌렸다.

"야, 어디 가?"

안연두를 보자 탁구장에 더 가고 싶어졌다.

"우리 집."

"너네 집?"

"……."

녀석은 무슨 생각으로 나를 자기 집으로 데려가는지 모르겠다. 친구를 데리고 집에 가는 게 이상한 일은 아니지만 녀석의 초대는 이상하고 또 이상한 일이었다. 한 번도 궁금하지 않았던 녀석의 집이 궁금해졌다.

윤민수의 집은 우리 동네를 지나 조금 가파른 언덕에 있었다. 윗동네는 빌라보다 주택이 많았는데 민수의 집도 역시 단독주택이었다. 대저택은 아니지만 붉은 벽돌로 지은 꽤 큰 집이었다. 담장 안에 여러 그루의 나무가 보였다. 아직은 익지 않은 감나무와 대추나무도 보였다. 넓은 잎으로 보아 저 나무는 모과나무가 맞을 터였다. 아빠가 알려 준 유실수를 몇 개 기억하고 있었다.

"너네 부자구나?"

"……."

말이 없는 녀석 때문에 괜스레 부산을 떨었다.

"나무도 많네? 저거 익으면 누가 따나?"

"……."

"혹시 네 생일이야?"

"……."

"야아!"

"그냥 따라와. 생일도 아니고 아무것도 아니야. 좀 친해졌 으니까 서로 집 정도는 알아 두라고."

"아. 그렇지. ……야, 그런데 난 싫다. 우리 집 알려고 하지 마라."

"너희 집 이미 알아."

"우리 집 안다고? 어떻게?"

"집에서 나오는 거 봤어."

"아, 그래?"

뭐, 숨길 일은 아니다. 하호에게 말하고 나서는 딱히 숨기고 싶은 마음도 없었다.

녀석은 커다란 대문을 열쇠로 열었다. 열쇠라니 참으로 낯선 물건이었다. 요즘은 번호키가 대부분이다. 게다가 이런 집은 초인종을 누르면 거대한 소리가 나면서 철커덕 열려야 마땅해 보였다.

문이 열리자 잘 가꾼 정원이 나왔다. 향나무부터 키 작은 소나무, 붉은 열매가 매달린 남천은 이미 색이 진해질 대로 진해져 검붉게 보였다. 하얀 수국이 만개했고, 라일락 나무 에는 이미 진 꽃들이 초라하게 매달려 있다. 넓은 정원은 아니지만 웬만한 차 서너 대는 족히 들어갈 공간이었다.

정원을 지나서 나온 현관문은 번호키로 열었다.

목조로 된 거실은 어두웠다. 윤민수가 거실 창에 드리운 커튼을 활짝 열어젖혔다. 환한 빛이 어두운 거실 가득 쏟아졌다.

엄청나게 많은 책이 빼곡하게 책장에 꽂혀 있었다. 벽을 따라 책장이었고 책장 밖에도 책이 쌓여 있었다.

끼익!

어디선가 정체불명의 소리가 들렸다. 책과 책 사이를 뚫고 누군가 나왔다. 알 수 없는 소리를 낸 당사자였다.

"민수 왔구나?"

굵은 저음의 목소리가 빛과 함께 들어왔다.

윤민수의 아빠였다. 그는 휠체어를 타고 있었다.

"친, 친구가 왔구나……."

"네."

"그럼, 놀다 가렴."

그는 들어 올 때와 마찬가지로 같은 속도로 거실을 나갔다.

끼익!

휠체어에 마찰을 일으키는 부분이 있는 모양이다.

"교통사고야. 우리나라에서 교통사고가 1년에 대략 20만 건이나 발생해. 그중 하나일 뿐인데 재수가 없었어. 더 재수가 없는 건 그때 엄마가 죽었다는 거."

"아……."

한 방에 녀석은 자기 상태를 설명해 버렸다.

윤민수 아빠는 규모가 있는 출판사를 운영하던 대표였다. 시인 관장님도 무림의 고수도 그렇게 책과 탁구로 연결이 된 사이였다. 민수 아빠 덕분에 시인 관장님과 고수는 작은 출판사를 차릴 수 있었고 민수 아빠의 도움으로 자리를 잡을 수 있었다고 한다. 그들의 인연은 꽤 길게 이어졌다. 모양은 달랐지만 가까운 곳에서 비슷하게 살았다. 인생의 어느 시간을 함께 지나온 사람들은 약속된 랠리를 하지 못했다. 강력한 스

166

매시와 예상치 못한 엣지에 하얀 공은 길을 잃었다. 30여 년의 시간 속에 그들 사이에 오고 갈 하얀 공은 어디 있을까? 아니면 그 공을 찾기 위해서 지금 마주한 것일까?

"위로 같은 거 안 해도 돼. 벌써 5년이나 지난 일이야."

민수가 덤덤하게 말했다.

"그 그래도 힘들었겠다……."

겨우 한 말이 이거였다.

윤민수가 5년 동안 탁구장 파라솔 밑에서 보고 있던 것이 무엇인지 알 것 같았다. 하늘도 고층 건물도 아니었다. 맨 꼭대기의 6층 헬스장이었다. 6층 통유리 앞에는 러닝머신을 달리는 사람들이 즐비했다. 러닝머신을 달리는 사람들을 보며 한때 두 다리로 맹렬하게 달리기를 하고 탁구공을 치던 아빠를 생각했을까?

녀석이 말한 숙제의 의미를 알아 버렸다. 다리가 불편한 아빠의 숙제. 윤민수는 자신이 아빠의 숙제인 게 싫은 것이다. 어쩌면 윤민수 숙제가 아빠일지도 모르는데. 가슴에 미세한 통증이 느껴진다. 녀석이 건넜을 그 긴 시간의 외로움과 분노, 슬픔을 감히 상상할 수 없었다.

우리는 누군가의 상실을 온전히 이해하기에는 서툴다. 불규칙하게 뛰는 심장과 통증은 그걸 다 알아서가 아닐 것이다. 세상에 누구 하나는 알아야겠기에, 나의 상실을, 삭제당한 어느 순간을 누구 하나는 알아서 함께 복기하고 싶었던 거였다. 고통이지만 받아들여야 지나갈 수 있다. 윤민수의 시간 속에 계속 머물며 가슴을 후벼 팔 기억이 되지 못하도록, 그리하여 그 시간이 흘러가도록, 민수는 지금 애를 쓰고 있다. 내 앞에서 이토록 의연하게.

그러니까 나는 이 애를 온 마음으로 응원해야 한다.

심장이 뛴다. 뜬공 앞에서 뛰던 그 심장처럼.

차분히 기다려야 하는데 성급하게 달려갈까 봐 두려워진다.

처음으로 누군가에게 위안이 되고 싶었다.

윤민수라는 뜬공을 안전하게 받아 내고 싶다.

나와 녀석의 시간이 지나간다.

우리의 열여섯이 날카로운 종잇장처럼 넘어가고 있다.

막장 드라마

　나는 학교 수업이 끝나면 당연하게 탁구장으로 향했다. 윤민수가 있어도 없어도 나의 방향은 같았다.

　민수 집에 다녀온 후, 크게 바뀐 것은 없다. 더 친해졌거나 탁구를 더 치거나 나와 꼭 붙어 다니지도 않았다. 하지만 내밀한 무언가를 나눈 느낌이었다. 말로 표현할 수 없고 행동으로는 더욱 표현할 수 없는 거였다. 그날 민수네 집에서 해가 질 때까지 놀았다. 녀석이 읽고 있는 책을 보았고 내가 읽고 있는 책을 이야기했다. 민수는 『사피엔스』나 『이기적 유전자』, 『떨림과 울림』, 『뉴턴의 무정한 세계』와 같은 과학 인문서를 읽었고 나는 『세상을 알라』, 『너 자신을 알라』, 『너 자신이 되어라』 같은 철학 시리즈와 『진화한 마음』, 『육식의 종말』 같은 책을 이야기했다. 앞에서 2등과 뒤에서 2등인 우리는 말이 잘 통했다. 오로지 책이라는 공통점이 있어서였다. 좋아하는 분야는 달랐지만 과학 철학이 인문 철학과 맞닿아 있고 사회학과 과학이 연결되어 있었다. 주제는 책에서 요즘 보는 유튜브로 옮겨졌고, 나는 민수가 보는 과학 채널을 보면서 구독하기를 눌렀다. 민수도 내가 보는 〈5분 철학〉을 구독했다.

언젠가 하호가 하필이면 왜 탁구냐고 물은 적이 있다. 녀석의 말에 의하면 스포츠 경기 중 가장 없어 보이는 게 탁구라고 했다. 멋진 배트와 글러브가 있는 것도 아니고, 어깨 뽕이 빵빵한 하키복 같은 유니폼을 입는 것도 아니고, 하다못해 배드민턴 라켓은 폼나게 어깨에 둘러메는데 손바닥만 한 탁구채에 달걀 같은 공이라니 없어도 너무 없어 보인다는 것이다.

한하호 말이 맞다. 부정하고 싶지 않다. 그런데 탁구여야만 했다. 화려한 장비가 없어도, 춥고 서글퍼도 10평 남짓이면 충분했다. 탁구대 하나 놓을 공간이면 누구든 탁구를 칠 수 있다. 어른과 아이가 게임을 할 수 있고 여자와 남자가 게임을 해도 된다. 뚱뚱이와 빼빼가 탁구를 쳐도 상관없다. 명지 탁구장에서 가장 나이 많은 회원은 92세 할아버지다. 한

때 파일럿이었던 할아버지는 가끔 탁구장에 와서 로봇과 탁구를 치거나 누군가와 랠리를 한다. 해방 전날 태어나신 '왕언니'라 불리는 할머니는 얼마 전 팔순잔치를 했는데, 그녀의 기합 소리가 우렁차다. 이들은 아저씨, 혹은 아줌마, 혹은 나 같은 애들이랑 복식을 친다. 이처럼 공평한 스포츠가 또 있을까? 나이, 성별, 직업, 부자와 가난한 이들이 마구 섞여서 없어 보이는 탁구를 친다. 없어 보여서 누구에게나 공평할 수 있다. 그래서 탁구여야 한다. 그래서? 아니 윤민수가 있기 때문에 탁구여야 한다. 그거면 충분했다.

한창 탁구를 치는데 하호가 놀러 왔다. 아니, 놀러 온 줄 알았는데 삼자대면을 요청했다. 윤민수가 없어서 삼자대면이 어려운 상황이었다.

"무슨 일인데?"

"윤민수 언제 오냐? 문자 해 봐."

"올 때 되면 오겠지. 급한 일이야?"

"할 말이 있어."

"그래 보여."

"문자 해 보라니까."

"알았어."

핸드폰을 열고 문자를 하려는데 윤민수가 우리가 앉아 있는 파라솔 앞에 나타났다.

"딱 맞춰 왔네? 하호가 널 애타게 찾았다."

윤민수가 의자에 털썩 앉았다.

"다들 있으니까 바로 이야기 할게. 난 돌려서 말하는 거 못하니까 바로바로 대답해라."

"그래."

"너희들 둘이 친하냐?"

"뭔 소리야?"

"친하냐고?"

"흠…… 좀 친해졌지. 왜?"

"그럼 서로를 좀 알겠네. 나 단도직입적으로다 서운하다."

"뭐가?"

"질투는 여자들만 하는 게 아니야. 남자의 질투는 여자들 질투보다 더 강렬해. 남자의 질투가 전쟁을 일으키기도 하니까."

"너 전쟁하려고? 누구랑 누구를 질투하는데?"

"나는 이만 빠질게."

그러자 윤민수가 자리에서 일어났다.

"아니, 윤민수 앉아라. 지금부터 나의 질투에 대해서 당사자인 너는 꼭 들어야 하니까."

한하호의 기세가 대단해서 윤민수는 차마 자리를 박차고 일어나지 못하고 다시 자리에 앉았다.

"빨리 말해. 시간 없다."

"시간은 내가 더 없거든? 너희들은 탁구 나부랭이지만 나는 시간당 8만 원짜리 수업이거든?"

"그럼 얼른 말하고 가."

윤민수가 팔짱을 꼈다. 뭐든지 다 들어주겠다는 자세다.

"야, 근데…… 설마 우리 둘을 질투하는 건 아니지?"

내가 살짝 끼어들었다.

"너희 둘?"

한하호 눈썹이 꿈틀거린다.

"미쳤냐? 너희들 연애하냐? 그렇고 그런 사이야?"

"푸히히히! 아니 네가 질투 어쩌구 하니까. 요즘 우리 둘이 자주 붙어 다닌다고 며칠 전에 투덜거린 것도 있고."

"그거야 둘이 탁구 치니까 그렇지."

"그럼 왜 친하냐고 물어봤어?"

"친하면 서로에 대해서 잘 알 거 아니야. 윤민수가 거짓말을 하면 너한테 따지려고 그러지."

"뭘 따지고 싶은데?"

"안연두."

"안연두? 안연두가 왜?"

나는 이 타이밍에 안연두 이름이 왜 나오는지 이해할 수 없었다.

"너 안연두한테 관심 있냐?"

한하호가 윤민수를 째려봤다.

"왜?"

"내가 먼저다!"

지금 먼저라는 게 무엇을 의미하는지 머리를 굴려 본다. 그러니까 안연두를 안 건 한하호가 먼저라는 소리인가? 아니, 아니다. 이건 말이 안 된다. 분명히 '내가 안연두를 먼저 좋아했다'라는 소리로 들린다.

설마?

이럴 수가!

지금 안연두를 두고 두 녀석이 전쟁을 치르겠다는 소리인가? 이건 분명히 잘못되었다.

안연두라니!

이게 말인가, 소인가!

나도 한하호처럼 윤민수를 째려봤다. 설마가 설마로 끝날 수도 있으니까.

"진짜야? 너 진짜 안연두 좋아해?"

윤민수를 향해 물었다.

"누가 먼저인 게 무슨 상관이야."

헉! 윤민수 말에 나는 가슴을 부여잡았다. 심장이 오글거리다 튀어나오려고 한다.

"너, 너희들, 둘 다 안 연 두 를 좋 아 하 는 거 야?"

한 글자씩 또박또박 다시 물었다.

"응."

"응."

둘 다 대답했다. 그것도 동시에.

"내, 내가 알고 있는 안연두 맞지? 그 뚱뚱하고 주근깨투성이 그 애?"

"야아!"

"야아!"

그러자 둘 다 내게 소리쳤다. 그러고는 각자 미친 듯이 쏟아냈다. 어디서 그딴 소리냐? 어디가 뚱뚱하단 거냐? 주근깨가 얼마나 귀여운지 눈깔은 뒀다 어디다 쓰는 거냐? 차마 입에 담지 못할 욕도 한 바가지씩 해 댔다.

한하호, 윤민수가 한 여자애를 좋아한다. 듣고 보니 비극인데 알고 보니 희극이다.

나는 둘이 그러거나 말거나 미친 듯이 웃었다. 배를 잡고 웃었고 눈물을 훔치며 웃었다.

아, 인생은 너무도 유쾌한 드라마다. 이 녀석들의 드라마가 이렇게 재미난 줄 예전에는 미처 알지 못했다.

그렇게 한참을 웃는데 한하호가 마지막 일격을 던졌다.

"윤민수, 탁구 그만둬라!"

"뭐?"

내가 더 놀라 소리쳤다.

"탁구 그만두라고. 안연두는 탁구를 그만둘 수 없대."

"그렇다고 윤민수더러 탁구를 그만 치라고? 이거 운명의 장난, 이런 거 아니지?"

참지 못하고 끼어들었다. 탁구를 그만두려면 안연두가 그만두어야 한다. 구력으로나 실력으로나.

"싫다면?"

"싫어? 그럼 어쩔 수 없지."

"뭘 어떻게 할 건데?"

"흠…… 내가 다른 탁구장 알아봐 줄게."

"뭐?"

"왜? 그거 가지고 안 되겠냐? 좋아, 탁구장 관비 한 달 치 내주면 어때?"

와, 금수저는 아니지만 도금한 금수저 출신답게 돈으로 사랑을 쟁취하려는 한하호다.

"……."

윤민수가 말이 없다. 설마 관비 8만 원에 좋아하는 애를 포기할까? 그러면 돈 때문에 사랑을 포기하는 멍청이가 된다. 이게 말로만 듣던 금수저의 위력인가?

"오케이?"

한하호가 잔뜩 기대에 차서 물었다.

"……너도 탁구를 치는 게 어때? 연두는 탁구 잘 치는 애를 좋아하는 것 같더라."

"웃기고 있네. 그건 이미 내가 확인사살 했거든? 너 안 좋아한대."

"좋아한다고 사실대로 말할 것 같냐? 순진하기는……."

윤민수 입꼬리에 미소가 달렸다. 자리에서 일어나는데 녀석이 웃고 있다. 한하호 얼굴이 벌겋게 달아올랐다. 윤민수 말이 틀리지 않았다는 건 녀석도 나도 알고 있었다. 그건 너무도 상식적인 이야기다.

쟤 좋아하냐고 콕 찍어 묻는데 그렇다고 대답할 멍청이가 어디 있겠는가? 그걸 믿고 여기다 주절댄 한하호가 모자란 놈이다.

"야아……."

하호의 탄식 같은 부름에도 윤민수는 그대로 탁구장 안으로 들어가 버렸다.

"작전을 좀 잘 짜서 오지 그랬어."

"그러게."

"내가 뭐 도와줄 건 없고?"

"감시나 잘해라."

"그냥 감시만 해? 반경 1미터 안으로 가깝게 지내면 호루라기 불까?"

"뭔 호루라기야?"

"그거 있잖아. 경고용 호루라기. 그걸 불면 윤민수가 정신을 차릴 수도 있지."

"농담할 기분 아니다."

하호가 일어섰다.

"어어, 나도 농담 아닌데……."

한하호가 마당을 벗어나 초록색 나무문 밖으로 천천히 걸어 나갔다. 세상을 다 잃은 사람처럼.

정확히 일주일 후 한하호가 탁구장에 등록했다. 녀석은 있는 집 자식이라 레슨까지 끊었다. 정말이지 사랑에 미친 자의 필사적인 액션이 시작되는 순간이었다. 나는 하호가 탁구장에 와서 더없이 기뻤다. 녀석과 친해서가 아니라 나보다 하수를 만나서다. 그것도 구박하기 좋은 만만한 하수라니 신이 내게 너무 빨리 기회를 주신 것 같아 고마웠다.

이제부터 명지탁구장에 막장 아침 드라마 같은 일이 벌어질지도 모르겠다. 제목은 〈사랑과 전쟁의 핑퐁〉이라고 붙이면 되려나.

천천히 천천히

　드디어 여름방학이다. 하호는 방학이 되어 더 바빠졌다. 몇 개가 되는지 세기도 귀찮을 정도로 많은 학원을 다니고 그 와중에 틈틈이 탁구장까지 다니느라 살이 쏙 빠졌다. 역시 다이어트에는 입시와 사랑이 최고다.

　나는 이제 포핸드, 백핸드, 커트, 스트로크, 스매시, 드라이브를 익혔다. 이제 이것을 무한 반복하는 일만 남았다.

　가끔 하호를 구박하며 포핸드 자세를 잡아 주고 커트를 가르쳐 줬다. 이제 6개월차 하수의 가르침이지만 한하호는 열심히 따라서 했다. 그런데 녀석이 자꾸만 확인한다.

　"윤민수, 이거 맞냐? 고민수가 가르쳐 준 건데 아무래도 수상하다. 이거, 이거 의심이 든단 말이야."

그럴 때마다 째려보지만 나 역시 확신이 없는 터라 윤민수 답을 기다린다. 그럼 녀석은 예전에 그랬듯이 말한다.

"그냥 쳐. 너만의 탁구를 쳐."

한결같은 답이다.

한하호가 탁구를 친 지 꼭 한 달이 되었다.

"우리 복식 한번 치자."

윤민수 제안에 어이가 없었지만 한하호 기를 팍 죽일 좋은 기회다. 녀석의 운동 신경은 남다르다. 게다가 그 무서운 조기 교육을 받은 녀석이 아닌가. 나를 앞지를 날이 올까 봐 잔뜩 쫄고 있다.

한 달도 안 된 한하호와 윤민수가 한편이다. 그럼 나는? 놀랍게도 안연두와 한편이 되었다. 한하호가 분해서 씩씩거리는 게 보일 정도다.

묘하게도 안연두를 좋아하는 두 녀석이 한편이 되었다. 적과의 동침이다.

윤민수가 평범한 서브를 넣었다. 내가 가볍게 포핸드로 넘기자 한하호, 이 녀석 공을 제법 넘긴다. 넘어온 공을 안연두가 처리할 차례다. 그런데 대단한 안연두다. 설렁설렁 탁구 칠 생각이 없다. 안연두는 모든 게 치열한 게임이다. 반드시 이겨야만 하는 게임 말이다. 연두는 하호가 넘긴 평범한 볼을 백 드라이브로 냅다 갈겨 버렸다. 윤민수가 미처 대응하지 못했다.

"와!"

한하호는 상대 팀이면서 감탄사와 함께 활짝 웃고 있다. 누가 보면 자기편이 성공한 줄 알겠다. 바보 멍청이 말미잘 같은 놈!

그러자 윤민수의 눈빛이 달라졌다. 이렇게 나온다 이거지? 이런 표정이다.

윤민수가 횡회전 서브를 넣었다. 회전이 약하게 들어갔어도 내겐 버거운 서브였다. 운 좋게 탁구채에 맞은 공이 높게 상대 테이블로 넘어갔다. 한하호가 스매시를 할 줄 알았다면 딱 맞춤인 공이었다. 어디서 본 건 있어서 한하호가 본능적으로 공을 픽 때렸다. 드라이브는 아니고 냅다 갈긴 탁구채에 맞은 공이 네트에 걸리지 않고 내 쪽으로 넘어왔다. 역시 수컷들의 공격 본능은 DNA에 각인되어 있는 게 틀림이 없다.

한하호 수컷이다. 인정!

떨어진 공을 내가 받지 못하자 한하호가 신이 나서 놀렸다.

"아싸! 그것도 못 받냐?"

"닥쳐라!"

정신을 바짝 차려야겠다. 윤민수 공은 그렇다 쳐도 한하호

공은 기필코 받아 내리라.

비슷비슷한 공이 오갔다. 윤민수는 최대한 안전하게 공을 넘겨주었고 한하호는 넘치는 테스토스테론을 주체 못 하는 수컷처럼 날뛰었다. 무조건 공을 쳐 버려야 한다는 의지는 어디에서 나오는 걸까? 대부분 남자는 어떤 공이 날아오든 라켓을 휘두르고 본다. 하지만 여자들은 다르다. 일단 안전하게 받아서 상대 테이블에 넘겨주려 한다. 물론 지금 눈앞에 있는 안연두는 예외다.

안연두는 안연두 안에 남자가 있었다. 연두는 공이 오면 무조건 때리려고 한다. 어떤 볼이든 때릴 준비가 된 눈빛이다. 하수든 중수든 고수든 상관없다. 이글이글 타오르는 저 눈빛이 모든 걸 말해 주고 있었다.

결국 우리가 이겼다. 안연두와 내가.

승리 원인은 안연두의 공에 대한 놀라운 집착 때문이고, 윤민수의 숨은 배려 덕분이었다. 한하호는 연신 씩씩대며 분한 표정을 지었다. 한 달 후에 다시 붙자며 대단한 각오를 밝혔다.

이날의 게임이 즐거웠다. 너무도 치열한 안연두가 있어서 그랬고 대놓고 들이대는 한하호가 있어서 그랬다. 우리는 하수니까 이런 경기가 재미나지만 고수인 윤민수도 즐거울까?

나는 종종 녀석을 본다. 어느 순간 녀석이 이걸 즐기고 있다는 걸 알았다. 연두 때문일 수도 있지만 전부는 아니었다. 민수가 조용히 웃는다. 민수가 가끔 소리 지른다. 민수 눈이 빛나고 있다. 윤민수의 여름이 이렇게 지나가고 있었다.

드디어 엄마가 취직을 했다. 요리 앱을 운영하는 회사라고 한다. 거기서 플레이팅 디자이너로 일하게 되었다. 지난주부터 분장 같은 화장술과 무대복을 입고 출근을 했다. 물론 엄마는 기초화장에 출근복이라고 우기지만.

직장맘을 둔 나로서는 단점보다 장점이 더 많아졌다. 우선은 살이 조금 빠졌다. 엄마가 바빠서 요리를 하는 횟수가 줄어서다. 두 번째는 수시로 보고해야 하는 상황이 줄었다. 학교 수업이 끝나면 피시방에 가든, 누구네 집에 놀러 가든, 수시로 보고해야 한다.

> 어디?

> 피시방.

> 오케이! 잼나게 놀다 와.

한 시간 반이 지났다. 또 문자가 온다. 피시방 시간제도 아닌데 시간마다 게임비를 내는 심정이다.

> 아직도 피시방?

응.

> 오케이. 뭐 좀 먹어 가면서 놀아.

ㅇㅇ

집에 빨리 들어오라고 보내는 문자가 아니다. 아빠의 부재로 인해서 생긴 습관이다. 엄마가 왜 이렇게 불안한지 잘 아는 나로서는 성실한 보고를 해야만 했다.

엄마는 시크하고 대범하게 "그래, 나갔다 와", "당신의 외출을 허락할게" 했다. 하지만 엄마는 대범하지도 시크하지도 않았다. 마치 백조처럼 겉으로는 우아하게 물 위에 떠 있지만 물밑에서는 치열하게 발버둥 치고 있었다. 안간힘을 쓰며 나와 주변 사람들에게 들키지 않으려고 어금니를 물고 있는지도 모르겠다. 엄마의 안간힘은 못 본 척해야 한다. 그게 엄마의 자존심이니까.

성실한 보고를 하지 않으니 내 생활 반경이 좀 더 커지고 있다. 가끔 탁구장 대신 민수네로 간다. 거대한 책장에는 내가 탐구할 책이 무궁무진하다. 종류도 장르도 다양해서 한 칸 한 칸 옮길 때마다 흥미진진하다. 우리 집에서는 냉장고를 털었고 녀석의 집에서는 책장을 털었다. 함께 라면을 먹으며 책을 보거나 유튜브를 보고 저녁이 지나면 탁구장으로 향한다. 어느덧 이것이 우리의 루틴이 되었다. 그렇게 우리는 조금씩 덜 외로워지고 있었다.

나는 기다린다.

아빠를 기다린다. 탁구가 늘길 기다리는 것처럼.

조급하게 굴지 않을 것이다.

시간은 매우매우 길고 읽어야 할 책은 무진장 많다.

긴긴 외출을 한 아빠는 언젠가 돌아올 테고 탁구도 언젠가는 늘 것이다.

시간은 언제나 내 편이었다.

공부를 안 한다고 채근하지 않았고, 늦었다고 재촉하지도 않았으며, 이제 포기하라고 말하지 않았다. 시간은 늘 나를 기다려 줬다.

천천히, 천천히!

아빠를 기다리며 탁구를 친다.

똑! 딱!

186

똑! 딱!

똑! 딱!

똑! 딱!

똑! 딱!

고민수의
탁구 용어

○ **너클성 서브**
공의 중앙에 임팩트를 주는 회전이 없는 서브를 말하며, 공을
친다는 느낌으로. 쉽지만 쉽지 않아.

○ **드라이브**
볼의 전진 회전 스트로크 중에서 회전이 많이 걸린 것으로, 강한
회전력으로 상대방 코트 깊이 찔러 넣는 것. 포핸드 드라이브와
백핸드 드라이브가 있지. 포핸드 드라이브는 오른손잡이 기준으로
오른쪽 코트에서 치는 드라이브이고, 백핸드 드라이브는 왼쪽
코트에서 치는 드라이브. 화려하고 드라마틱한 드라이브는
탁구의 꽃.

○ **디비전**
지역구 대회.

○ **러버**
탁구채에 붙어 있는 고무판. 하수에게 비싼 러버가 필요할까?

일단 장비발 무시하고 많이 쳐!

○ **로빙볼**
상대방이 넘긴 공을 높이 올려 타구하는 것을 말하며 수세에
몰렸을 때 일반적으로 시간을 벌기 위하여 사용하는 타구법. 뜬공
앞에서 생각이 많아져. 공이 공중에서 회전을 해서 놓치기 쉽지.

○ **리시브**
상대방 서브를 받아넘기는 것을 말하며, 상대방의 구질을
확인하는 방법. 리시브를 잘해야 초보에서 벗어날 수 있다.

○ **백핸드**
라켓 든 팔의 반대쪽으로 공에 순회전을 줘서 치는 방법. 탁구의
기본 동작. 백핸드 1년이면 누구든 들어와 들어와!

○ **블로킹**
상대가 강한 스매시나 드라이브로 공격할 때 코트 앞으로
전진해서 방어하는 기술.

○ **서브**
경기를 시작할 때 처음 공을 넣는 것. 서브만 잘 넣어도 초보의
왕이 될 수 있다.

○ **셰이크 라켓**
악수하는 모양으로 잡는 라켓. 양쪽 면에 러버가 붙어 있는 라켓.
악수하듯 탁구를 만나면 된다.

○ **스매시**
강하게 때리는 기술로 볼을 바운드하기 전에 치는 타구.
상대적으로 스핀이 들어가고 볼이 날아왔을 때 빠르게 라켓을

휘둘러 상대방 코트에 닿으면 점수를 얻는다. 순간 임팩트가
중요하지.

○ **스트로크**

탁구 기술 중 가장 기본으로, 탁구 라켓으로 공을 강하게
타격하는 동작.

○ **임팩트**

볼과 라켓이 닿는 순간을 말하며, 임팩트는 타구의 방향, 속도,
회전 등을 결정하는 중요한 요소.

○ **치키타**

바나나플릭, 백핸드 플릭의 일종이야. 서브를 사이드 스핀으로
받는 것, 왠지 있어 보이는 치키타.

○ **커트**

탁구공의 밑면을 쳐서 역회전을 만드는 것. 자르듯이 공의 밑면을
쳐!

○ **트위들링**

라켓을 돌리면서 타구하는 방법. 셰이크 라켓의 한 면에 엠보가
있는 고무판을 댄 걸 뽕을 달았다고 하지. 수비에 유리한
라켓이야. 수비를 할 땐 엠보가 있는 면으로 치고 공격할 땐
반대쪽 면으로 치는 건데 우린 이걸 '뽕을 탄다'라고 말하지.

○ **팬홀더**

펜을 잡는 모양으로 잡고 치는 라켓. 한쪽 면에만 러버가 붙어
있는 라켓. 탁구를 오래 친 사람 중 팬홀더 고수가 있다. 팬홀더
고수를 조심하라!

포핸드

라켓 든 쪽으로 공에 순회전을 줘서 치는 방법. 탁구의 기본 동작. 포핸드 1년이면 누구와도 랠리 가능.

풋워크

탁구를 하는 동안 발을 움직이는 방법. 풋워크 오래하면 꿀벅지가 될 수 있다. 진짜!

플릭

네트에 가까운 짧은 볼을 손목을 사용하여 팅기듯이 타구하는 것. 플릭에 당하면 아 하고 짧은 탄식이 절로 나와.

이처럼 가벼울 수 있다면

나는 몸치다.

세상에는 수많은 몸치와 음치, 박치가 있는데 불행하게도 나는 이 세 가지를 다 가졌다.

중1, 체육 선생님의 달콤한 말에 수영부에 들어갔다. 웬걸? 여름방학 전지훈련에는 엉덩이를 맞아 가며 훈련을 했다. 결과는 도 대회 꼴찌였다. 내 앞의 선수와 한 바퀴나 차이가 났는데 뻔한 결과에 중간에 나오라는 걸 무시하고 완주를 했다. 물 밖으로 나오며 엉엉 울었던 기억이 아직도 생생하다.

그때 체육 선생님의 달콤한 말이 무엇이었을까?

체육 시간에 철봉에 올라가 허리로 감아 내려오는 걸 꽤 잘했다.

너 유연하구나? 수영을 배우면 잘하겠는데?

그랬다. 뭘 잘한다는 소리를 태어나서 처음 들어봤다. 나는 덜컥 수영부에 들어갔고 접영(근사하게 버터플라이라고 하자) 선수가 되었다. 하지만 그 시절 운동선수들은 많이 맞아가며 훈련을 했다. 물리적 폭력을 끔찍하게 무서워하는데도 수영을 포기하지 않았다. 잘한다고 하니 잘하는 줄로 철석같이 믿었으니까. 물론 도 대회를 마지막으로 그 믿음은 산산이 깨져 버렸다.

훗날, 그 달달한 한마디가 내 인생을 바꾸어 놓는 일은 또 일어났다.

고2, 엄중한 시기였다. 모두가 '인 서울'을 외치며 야간자습 시간에, 학원에, 과외에 미친 듯이 매달릴 때였다. 여고라서 무용 과목이 있었는데 무용 선생님 왈.

너 진짜 유연하구나? 무용 한번 해 보지 않을래?

그랬다. 난 수년 전 그 일(수영부에 들어간 일)을 까마득히 잊고 있었다.

고2, 무용부에 들어가 야간자습 대신 무용실에서 플리에, 드뗴, 앙 드뗴랑을 연습했다.

결국 곤두박질치는 성적 때문에 중간에 포기해야 했다.

그랬다, 자전거를 타도 내겐 튼실한 다리와 인내심이 없었다. 합정 어느 학원에서 배운 탭댄스는 박자감이 없어 석 달 만에 그만두었고 화려한 젬베는 작업실 귀퉁이에 장식품처럼 서 있고 드럼용 스틱은 어디로 사라졌는지 눈에 보이지도 않는다. 나는 애초에 인내심이나 끈기 같은 건 결핍된 인간이었다.

그러니까 나는 탁구를 하기에 매우 불리하다. 체력도, 꾸준한 결기도 없는 나 자신이 증거다. 어쨌든 나는 탁구를 친다. 이제 2년이 되었고 여전히 하수다. 그런데 말이다, 인생은 참으로 묘하게도 짝사랑이라는 허무맹랑한 감정이 있다. 잘하지 못하는데도 하고 있고 할 수밖에 없는 것들이 있다. 그게 나한테는 탁구다.

정말이지, 더럽게(이런 표현은 웬만하면 자제하려 하는데 딱 한 번만 쓰겠다) 탁구를 못 치는데 탁구가 재밌다. 무엇이 재밌냐고 묻지 마시라. 왜 짝사랑을 하냐고 묻는 거와 같으니까.

나는 아직도 악마의 랠리를 한다. 같은 하수끼리는 절대로 랠리가 안 되는 이상한 타법을 써서 그렇다. 웬만한 고수 아니면 나와 랠리가 안 되고 있다. 그래도 나는 흐뭇하다. 그렇게 저렇게 랠리를 하는 나 자신을 보면서 더는 수영장에서 엉엉 울면서 나오는 일은 없을 거라는 걸 알고 있기 때문이다. 물론 탁구에도 순위가 있지만, 어른이라서 그런 걸까, 아니면 탁구라서 그런 걸까, 이제는 순위에 연연하지 않는다.

실패해 본 사람이 인생의 단맛을 아는 법이다. 돌아 돌아서 와 본 사람이 그 길이 얼마나 걸리고 무슨 길인지 아는 것처럼.

나는 많이 실패해 봤고 많은 길을 헤매다 마침내 이곳에 온 사람이다. 그러니까 내 말을 조금은 믿어도 된다. 탁구처럼 인생은 약속된 공만을 주지 않는다. 얼마나 긴 인생인가? 이제 백 년을 넘게 살아야 하는 시대가 왔다. 그 시간 동안 우리는 강력한 드라이브도 커트도 스매시도 맞을 것이다. 순간순간 찾아오는 선택지들, 망설임, 과감한 결정들, 모두 우리의 인생이다. 너무 정답만을 구하지 마시라. 조금 돌아가도 늦지 않는다.

이 소설은 조금 더 단단해지라고 그대들을 응원하는 글이다.

2.7그램의 흰 공이 여러분의 손안에 있다. 그 공은 어디로 튈지 도무지 알 수 없다. 이제 공을 쳐 보자.

핑퐁!

핑그르르르!

인생의 무게가 이처럼 가벼울 수 있다면 얼마나 좋겠는가!

끝으로 여기에 나오는 소년들은 어느 작가와 탁구를 치는 한 학생의 모습이다. 그에게는 두 민수와 한하호의 모습이 다 있다. 내게 탁구 소설을 쓰게 한 초고수 강현 군에게 감사하다. 무사히 고등학교에 간 것도 축하한다. 더불어 나와 탁구를 치는 고찬규, 안현미, 김성규, 박종대 작가에게 고맙다. 악마의 랠리를 하는 나를 참아 준 다정한 '탁친이'들이다. 그리고 우리 명지탁구장 탁구인들, 그대들이 있어서 오늘도 탁구를 치고 있다고, 탁구를 좋아하게 되었다고 고백하는 바다.

두 민수의 든든한 지원군이자 명지탁구장의 고수이거나 하수,
부수 혹은 7탁의 현자들이 전하는
추천의 말

함께 탁구를 해 보면
이보다 더한 재미와 기쁨을 주는
작가가 없다. 작품은 작가를 닮는 것.
이 소설 또한 그러할 것이다. 원고지
위에서 펼쳐지는 승부의 세계라면
그녀는 이미 챔피언이다.

고찬규 시인

탁구공을 오래 품고 있으면
어느 봄날 껍질을 깨고 희거나
노란 병아리가 태어나 삐약삐약
노래를 부른다.

김도연 소설가

삶의 내공은 절로 만들어지지
않는다. 한 번도 똑같이 넘어오지
않는 탁구공을 자기만의 방식으로
받아넘기듯 세상과 맞부딪치면서 쌓여
간다. 두 민수가 깃털처럼 가벼운 공에
어떤 무게를 실어 세상으로 스매시를
날릴지 기대된다.

박종대 번역가

기어이 탁구인이 되어
탁구 소설까지 써 내다니,
위험천만 스매시 탁구주의보를
발령할 일이다.
박효미 동화작가

이것은 청소년 소설이다.
탁구를 알아도 재밌고
탁구를 몰라도 재밌다.
배석민 유튜버 넷지마스터

눈물 한 방울의 무게는
얼마일까. 2.7그램의 공을 나누다 보면
희한하게도 눈물의 무게가 줄어든다.
아마도 마음의 공을 서로 나누기
때문이 아닐까. 그렇다면 마음으로
나누는 공의 무게는 얼마일까.
이 책 안에 답이 있다.
안상학 시인

신나고 흥미진진하다.
작가가 흘린 땀방울이
탁구공처럼 보인다.
안현미 시인

소설과 탁구에 미치더니
탁구 소설이 나왔다.
진정 미친 콜라보다.
한창훈 소설가

민수의 2.7그램

ⓒ윤해연, 2025

초판 1쇄 발행 2025년 6월 10일
지은이 윤해연
펴낸이 김혜선 **펴낸곳** 서유재 **등록** 제2015-000217호
주소 (우)04034 서울 마포구 잔다리로7길 18(서교동 377-20) 504호
대표메일 seoyujaebooks@gmail.com
종이 엔페이퍼 **인쇄** 성광인쇄

ISBN 979-11-89034-95-5 43810